촛불을 밝히면
어둠은 사라진다

고승열전 22 전강큰스님

촛불을 밝히면
어둠은 사라진다

윤청광 지음

우리출판사

윤청광

전남 영암 출생으로 동국대학교에서 영문학을 전공했고, MBC-TV 개국기념작품 공모에 소설 〈末島〉가 당선되었으며, MBC에서 〈오발탄〉〈신문고〉〈세계 속의 한국인〉 등을 집필했다. 그 동안 대한출판문화협회 상무이사 · 부회장 · 저작권대책위원장 · 한국방송작가협회 이사 · 감사 · 방송위원회 심의위원을 역임했고, 〈불교신문〉 논설위원을 거쳐 현재 〈법보신문〉 논설위원, 법정스님이 제창한 〈맑고 향기롭게 살아가기 운동〉 본부장, 출판연구소 이사장을 맡아 활동하고 있다. BBS 불교방송을 통해 〈고승열전〉을 장기간 집필했고, 《불교를 알면 평생이 즐겁다》《불경과 성경 왜 이렇게 같을까》《회색 고무신》 등의 저서가 있으며, 기업체 · 단체 연수회에 초빙되어 특강을 통해 '더불어 사는 세상'을 가꾸고 있다.

BBS 인기방송프로
고승열전 22 **전강큰스님**
촛불을 밝히면 어둠은 사라진다

2002년 10월 23일 개정판 1쇄 발행
2021년 9월 17일 개정판 2쇄 발행

지은이/윤청광
펴낸이/김동금
펴낸곳/우리출판사
등록/1988년 1월 21일 제9-139호
주소/03746 서울특별시 서대문구 경기대로9길 62
전화/(02)313-5047, 5056
팩스/(02)393-9696
E-mail/woribooks@hanmail.net
www.wooribooks.com

ISBN 89-7561-193-0 03810

책값은 뒷표지에 있습니다.

· 지은이와 협의하여 인지를 붙이지 않습니다.
· 잘못된 책은 본사나 구입하신 서점에서 바꾸어 드립니다.

"부처님께서는 새벽별을 보고 오도하셨다고 했거늘 하늘에 가득한 저 별 가운데 대체 어느 별이 전강,
그대의 별인고?"
"……."
젊은 전강은 만공스님의 물음에 대꾸를 않다가 갑자기 땅바닥에 엎드려 손을 허우적거리며 별을 찾는 시늉을 해 보였다.
만공스님은 빙그레 미소 지었다.
"옳다, 내 네게 전법게를 내리느니라."

마음속의 어둠을 밝히시기를

　전강큰스님은 근대 한국불교 선종의 77대 법맥을 전수받은 불멸의 선지식으로 지혜 제일의 위명을 떨치신 분입니다.
　피를 토하는 구도행각으로 생사 해탈의 길에 이르신 스님은 경허, 만공, 한암스님 등 거봉이 가고 없는 빈자리를 채우는데 부족함이 없었습니다.
　23세의 어린 나이에 견성하여 25세에 만공대선사로부터 오도를 인가받고, 33세의 젊은 나이에 통도사 조실을 역임하셨습니다. 이는 전대미문의 파격사라 할 수 있으니 그만큼 전강스님의 법력이 위대하셨음을 미루어 짐작할 수 있습니다.
　말년에는 제방의 눈푸른 납자들을 들이셔서 주옥 같은 대법문들을 남기시니 스님의 법문이 있는 날은 불자들의 발길이 인산인해를 이루었습니다.
　이제 대선사의 일대 행장이 책으로 엮어져 출간된다고 하니 그 반가움을 금할 길이 없습니다.
　우리 마음속의 어둠을 밝히지 못한다면 세상의 어둠 또한 여전할 것입니다. 아무쪼록 큰스님의 구도적 삶을 통해서 오늘을 사는 밝은 지혜　찾으시기를 기원합니다.

불기 2538년 4월
용화선원

차례

1
한 소년이 울고 있다 / 15

2
풋보리를 비비고 또 비비고 / 31

3
광에서 인심난다는데 / 45

4
하늘을 덮고도 남는 복을 타고 나야 / 59

5
유기장수 소년 종술이 / 73

6
관음사 땡초 밑에서 / 85

7
갓난아이에게 밥을 먹이면 어찌 되겠는고 / 99

8
개에게도 불성이 있습니까? / 115

9
선방에 앉으니 꽃 같은 색시 얼굴만 아른아른 / 127

10
한 생각 일어나기 전을 보아라 / 143

11
설산고행 수좌 / 157

12
담 넘어가서 외를 따오너라 / 169

13
내가 영신이한테 속았다 / 183

14
대체 이 술잔은 화엄경 몇째 품이요? / 197

15
밥그릇은 깨졌습니다 / 205

16
소가 마시면 젖이 되고 독사가 마시면 독이 되고 / 219

17
어느 것이 그대의 별인고? / 233

18
어여로 상사뒤여 / 243

19
십년을 구어 먹었느냐, 볶아 먹었느냐? / 255

20
구구는 거꾸로 일러도 팔십일이니라 / 271

1
한 소년이 울고 있다

 인천 주안동 푸른동산에 자리잡은 용화사 법보선원, 사방을 둘러봐도 소금을 생산하는 염전으로 둘러싸여 있을 뿐인 황량한 곳이었다. 아득하게 밀려오는 파도소리에 실려 간간이 울려퍼지는 독경소리만이 이 절의 존재를 알리고 있었다. 멀리 갈매기가 날아오르다 한 점 티끌이 되어 허공속으로 사라져버렸다. 짭짤한 바닷내음이 후욱 하고 끼쳐왔다. 날이 저물고 있었다.
 "저, 조실스님……."
 아까부터 나가지도 않고 문고리만 만지작거리던 행자아이가 조심스럽게 노스님을 불렀다. 후학들에게 엄하기로 소문난 노스님이 어려워서인지 소년의 말은 사뭇 떨려나왔다. 노스님은 소년의 이런 마음을 아는지 모르는지 재촉하듯 물었다.

"음? 공양상 물렸으면 냉큼 내가지 않고 왜 그러구 서 있는게냐?"

"저……사방을 다 둘러봐도 염전밖에 없으니 좀 이상해서요, 스님."

"이상하다니, 무엇이 말이드냐?"

"허다한 명찰을 두고, 산도 없고 물도 없고 경치도 별로 볼 것이 없는 이 짠내나는 언덕 위에다 절터를 잡으셨으니……."

노스님은 물끄러미 소년의 얼굴을 바라보았다. 열두어 살이나 되었을까? 출가한 지 일 년도 채 안된 소년은 궂은일도 마다하지 않고 묵묵히 노스님의 수발을 들고 있었다. 괜한 말 지껄였다가 스님한테서 무슨 불호령이나 듣지 않을까 걱정하는 눈치가 온 얼굴에 역력했다. 스님은 얼굴 가득 잔잔한 주름을 지우며 빙그레 미소지었다.

"인석아, 산좋고 물좋고 경치좋은 곳에다 절을 지어 놓으면 구경꾼들이 좀 많이 몰려오겠느냐? 그렇게 구경꾼들이 많이 몰려와서야 어찌 참선수행을 할 수 있겠다더냐? 참선수행처에 쓸데없는 사람들이 많이 찾아오면 공부에 방해가 되는게야."

생각 밖으로 타이르는 듯 부드러운 목소리가 흘러나오자 소년은 용기백배하여 끊어진 제말을 다시 이었다.

"하지만 스님, 구경꾼이 많아야 시주도 많이 들어오고, 그래야

 절도 크게 되지 않겠습니까요?"
 "원, 이런 녀석하고는! 인석아, 생사고의 틈바구니에서 아우성치는 대중들을 교화하겠다는 사람들이 절 재산 불리고 명예 얻는 데만 관심을 쏟아서야 어디 되겠느냐? 이런 수행처에서 정진하며 지내는 것이 진짜 공부니라."
 "예에, 잘 알겠습니다, 스님."
 행자아이는 초롱초롱한 눈을 깜빡이며 노스님의 말을 가슴에 새기었다.
 "저, 그런데 조실스님!"
 "왜 또?"
 "다들 또 궁금해 하는 것이 있어서요."
 "무슨 말이드냐?"
 "예, 조실스님께서는 어떤 인연으로 출가를 하게 되셨는지……."
 조실스님은 그만 어이가 없어서인지 허허 웃고 말았다.
 "에끼! 이런 못난 녀석들. 인석아, 그럴 짬이 있거든 화두나 열심히 들 것이지, 늙은 중 과거지사는 알아서 엇따 쓰려고 그래?"
 "에이 그래도요, 스님."
 스님은 어리광피우듯 졸라대는 소년의 얼굴을 가만히 들여다보았다. 아이의 청량한 눈동자를 바라보던 스님은 어느덧 입가에 실날 같은 웃음을 머금었다.

"내 과거지사 한번 이야기하면 장화홍련전보다도 더 기구하고 왠만한 소설보다 더 길어야."
"예에? 장화홍련전보다도 더 기구하시다구요?"
"음……."
노스님은 마치 지나온 일들을 회상이라도 하려는 듯 지그시 눈을 감았다. 그리고는 천천히 입을 열었다.
"물이 잔에 넘치면 흐르는 법, 때가 되면 자연 들려줄 이야기가 있을 터이니 이제 그만 물러가 보아라."
"예?"
"그만 지껄이고 물러가란대두!"

행자아이가 물러간 후에도 전강스님은 한동안 그렇게 눈을 감은 채 생각에 잠겨 있었다. 올해로 세속 나이 일흔 여섯, 법랍 예순 성상을 맞았으니 뜬구름 같은 세월이 무상히도 지나가버린 것이었다. 그것은 제자들이 불안해 할 만한 나이이기도 했다. 그리고 바로 며칠 전만 해도 죽음의 경계를 맛보지 않았던가.
고령에다가 혈압이 높은 것도 모르고 녹용을 두 돈쭝이나 넣어서 보약이라고 지어온 것을 그대로 먹고서 그만 혈압이 이백구십까지 뛰어버린 것이다. 숨이 막히고 목이 턱 조여왔다. 전강스님은 눕지도 않고 앉은 자리에서 하아하아 하면서 숨만 내쉬고 있었다.

눕는다고 해서 아픈 지경이 없어지겠는가.

좌우에서는 노스님이 열반에 드시는 줄 알고 사진기를 찾는다, 녹음기를 찾는다, 법석을 피우고 있었다. 그래도 그간 익힌 공력으로 생과 사를 넘나들면서도 정신은 멀쩡하여 그 광경이 환히 내려다 보이는 것이었다. 그런데 바로 그 순간 육신을 뒤집어쓴 또다른 전강이 그 가운데에서 아야 할 기운도 없이 숨을 몰아쉬고 있었다. 숨이 그치면 곧 죽음의 경지인 것이다. 또 다른 전강이 육신의 전강을 급히 불렀다.

"전강아, 어떤 것이 생사고이냐?"

"억!"

숨도 제대로 못 쉬고 앉아 있던 전강스님이 할을 한번 해놓고서 일렀다.

"속지 말어라!"

몸 하나 얻어 발심하여 화두를 탔으니 잠시라도 화두를 내버리면 속는 경계가 아니던가. 전강스님은 새삼스레 임종게다 뭐다 할 것없이 의사를 부르라 일렀다.

간혹 고승들 중에 병고가 닥쳐오면 스스로 몸을 버리는 경우가 있었다. 한암큰스님 같은 이도 방에 앉아 몇날 며칠을 단식하면서 그대로 정진하다가 가셨다. 그러나 이 송장과도 같은 몸을 끌고 가는 일이 아무리 괴롭고 고생이 되더라도 이 몸을 내버린 후에 당하는 고통보다야 나으리라.

　의사가 손등에 주사를 꽂는 사이에 전강스님은 마지막 힘을 다하여 정진을 했다. 사람이 견딜 수 있는 최고의 고통, 그 외로운 경지를 앉아서 버텨내었다.

　'병으로써 스승을 삼을 것이니라.'

　그러나 스승의 이런 병고를 지켜보는 제자들의 마음은 어떠하겠는가. 더구나 그 스승은 신도들 사이에서는 살아 있는 부처님, 수좌들 사이에서는 한국의 달마선사로 추앙받는 분이 아니던가. 평소 큰 절 주지자리나 노리는 승려, 감투나 뒤집어쓰고 권세나 누리려 하는 승려들에게 추상 같은 법문을 내려 사정없이 질타하던 분이었던 것이다.

　그의 문도들이 전강스님을 한국 근세 선종의 거목이며 선종 77대 선사라고 당당히 말하는 데는 다 그만한 이유가 있다. 그의 선지는 중국 선종을 그대로 모방한 것이 아니라 자기 개안을 통해 독창적인 가풍을 형성하면서 경허, 만공의 사상을 계승, 발전시켰기 때문이다. 한국 선종이 오랜 질곡을 거쳐 근세의 경허와 만공에 와서 발아되었다고 볼 때, 전강스님은 그것을 꽃피운 선지식이었다.

　그 삶의 자취를 더듬어보더라도 개인의 명리를 추구한다던가, 세속적 자리에 연연해 하는 모습을 단 한번도 보이지 않았던 것이다.

　전강스님은 모든 속박으로부터 벗어나는 길이 바로 선이라고 생각하였다. 그러나 그것은 지식이나 이론으로서가 아니라 자신만의 절절한 체험을 통해서 깨달음에 이르게 된다는 것이었다. 스님 자신 또한 다른 선사와는 달리 인간실존의 근저에까지 자기 자신을 침잠시키는 치열한 구도정신과 처절한 견성체험으로 마침내 해탈의 문에 다다를 수 있었으니, 한국의 달마선사, 살아 있는 부처님이라는 칭송은 조금도 과하지 않은 표현인 것이다.
　전강선사의 오도를 향한 순례는 이를 잘 보여주고 있다. 전강스님은 한국 선종의 중흥조이며 뒷날 자신을 인가한 만공스님을 필두로 한암, 혜월, 용성, 보월, 혜봉 등 당대의 선지식을 찾아 수많은 선문답을 통해 견성을 인가받았던 것이다.
　그러나 이제 그 큰스승도 오늘밤 잠에 들면 내일 아침 법문을 할 수 있을지 없을지 알 수 없는 일이었다.
　그때 가부좌를 튼 채 그림같이 앉아 있던 전강스님은 나지막히 한숨소리를 토해 내었다.
　"으음……."
　쥐죽은 듯 고요한 선방 안에 어스름한 달빛이 비쳐들고 있었다.

　다음날 새벽 전강스님은 법보선원 법상 앞에 앉아 수좌들이 모여들기를 기다리고 있었다. 스님은 1961년 이 용화사 법보선원을 개설한 이래 근 십여 년 동안 하루도 빠짐없이 참선수행중인 수좌들을 위해 새벽 법문을 해 주었던 것이다.

'지혜 제일 정전강'이라는 위명을 법계에 드날릴 만큼 전강스님의 법문은 알아듣기 쉬우면서도 인생의 묘리를 찌르는 것이었다. 스님의 법문을 진지하게 경청하는 사람이라면 누구든지 그 구수하고 잔잔한 법문 속에 숨어 있는 비수처럼 날카로운 선지와 우렁찬 사자후를 느낄 수 있으리라.

어느 때보다도 일찍 나와 단정하게 앉아 계시는 스승을 보고 놀란 수좌들이 서둘러 정좌하기 시작했다. 이윽고 법당 안에는 고요가 감돌았다.

전강스님은 주장자로 법상을 세 번 두드렸다.

"인생이라는 것이 어디서 왔는지 온 곳도 모르고, 가는 곳도 모르는 법. 이 몸뚱이 하나 어머니 품에서 받아가지고 나왔지만 이 몸뚱이가 생기면서부터 괴로운 일을 감당하기가 어려운 것이다. 어머니 뱃속에 들어가서 열 달 동안 있는 것이 참으로 무서운 감옥살이여. 세상에 있는 감옥은 설 때도 있고 앉을 때도 있지만 어머니 뱃속에서는 마음대로 앉지도 못하고 서지도 못한다. 사지를 구부리고 있다가 핏덩이 하나 받아가지고 나오니 무슨 자유가 있겠는가. 그 어린 것이 일어날 줄을 아는가, 걸을 줄을 아는가. 눈을 질끈 감고 나와서 오줌을 싸고, 더한 것을 쌀 뿐 무엇을 아는가. 차츰

 차츰 커나가면서 배고프면 젖꼭지를 빨고, 잠이 오면 잠잘 줄밖에 모른다. 그러다가 이 몸이란 세월이 가면 차츰차츰 늙어지게 마련이요, 늙어지면 병이 오게 마련이다. 젊었을 적에도 어찌 병이 없으리요마는 늙어서 생긴 병은 감당하기가 어려운 것이다. 그런 병고를 앓다가 목숨을 잃어버리기가 천하에 쉬운 일이다. 인생이란 태어나면 그저 죽으러 가는 길밖에 없구나! 오늘 죽을지 내일 죽을지 이 무상한 몸뚱이는 시간을 용서하지 않으니 때를 가히 기다릴 수가 없고, 명을 가히 연장할 수도 없다. 하룻밤만 더 살고 싶지만 그렇게는 안된다. 천년만년 살 줄 알지만 아이고! 하면서 나는 죽는다.
 생사의 노두가 이렇게 절박한 것이다. 당장 눈앞에 있지만 어리석으니 그것을 알 리 없다. 어서 속히 도를 닦아야 할 것인데 내년에 하겠다고 뒤로 미루며 때를 기다린다. 허나 미뤄보았자 하나도 이익이 없다. 내일 하겠다 명년에 하겠다 미루지들 말란 말이여. 내가 내일까지 살 수 있을지 명년까지 살 수 있을지 그 어느 누가 보장할 것인가. 이 몸뚱이는 무상하기 짝이 없어서 아무리 보존할래야 보존할 수가 없다. 어차피 잃어버리게 되는 것이다. 모두가 다 사형수다. 사형대에서 모가지 떨어지기 전에 어서들 나를 찾아야 한다. 참된 나를 찾으란 말이다!"
 평소 전강스님의 법문은 알아듣기 쉽고 재미나기로 유명하였다.

마치 할아버지가 어리광피우는 손자에게 구수한 옛날 얘기를 들려주듯이 가끔씩 우스갯소리를 넣어가며 하는 법문을 듣고 있노라면 시간가는 줄을 몰랐다.

그런데 오늘따라 전강스님의 법문은 처음부터 엄숙하기 그지없었다. 수좌들은 무의식중에 앉은 자세를 바로하고 진지하게 경청하기 시작했다. 전강스님은 잠시 말을 끊은 뒤, 침묵을 지키다가 제자가 따뤄주는 물을 한모금 마셨다. 그리고는 다시 입을 열었다.

"내가 병중에 있다보니, 저 큰스님이 어떤 인연으로 출가 득도를 하게 되얏고 발심을 하게 됐는지 대중들이 모두 궁금해 하는디. 내 이제 나이도 이만큼 먹었으니 과거지사 감추고 자시고 할 것도 없다. 따지고 보면 이 늙은 중 살아온 곡절을 듣는 것도, 그것도 다 법문이니까 잘들 들어둬. 난 아주 숭악한 산골, 저 아랫녘 전라도 곡성군 입면, 설 립(立)자 입면이다. 그 입면에서도 깊은 산골 대장리라고 하는 마을에서 태어났는디, 아, 그놈의 동네는 운봉보다도 더 높고 깊은 산골이라 산토끼들이나 살 곳이지 사람은 못 살 곳이었어."

전강스님이 태어난 것은 일본의 침략야욕 앞에 국운이 기울고 있던 1898년 동짓달 열엿새 날이었다. 그가 태어난 1898년은 조선왕조에 암운이 짙게 드리워지기 시작한 해였다. 이해 2월에 흥선

대원군이 죽고 이어 7월에는 동학 교주 최시형이 사형되었다. 도탄에 빠진 백성들은 도처에서 민란을 일으켰으며, 일본제국은 합방의 비수를 거침없이 들이대었다. 내우외환의 혼란스런 시절이었다.

전강스님의 세속 이름은 정종술.

종술은 이런 격동의 시기에 아버지 정해룡(鄭海龍)과 어머니 황계수(黃桂秀)의 장남으로 태어났다. 종술의 집안은 산골 논이 겨우 다섯 마지기, 밭이 두 마지기인 가난하기 짝이 없는 농가였다. 그러나 그의 어머니가 서른 살이 되도록 자식을 보지 못하다가 뒤늦게 아들을 보았으니 눈에 넣어도 아프지 않을 자식이란 바로 이를 두고 하는 말이었다.

종술의 어머니는 외양이야 어디서나 흔히 볼 수 있는 평범한 농촌 아낙이었으나 마음씨가 따뜻하였고 특히 늦게 본 아들 종술이를 매우 귀애하였다. 집안 살림에, 농삿일에 등허리가 휘어지게 일하면서도, 어디 허드렛일 자리라도 나면 몸을 아끼지 않고 달려갔다.

그때만 해도 배곯아 죽고, 얼어죽고, 돌림병 걸려 하루아침에 죽어나가는 사람이 흔하디흔한 세상이었다. 종술은 그래도 일곱 살까지는 별탈없이 굶지 않고 살았으니 다행스런 일이었다. 아버지 정씨는 무뚝뚝하고 잔정이 없는 성격이었으나 어머니가 덕성스레 가정을 이끌어간 까닭에 종술의 가정은 그런 대로 단란함을 유지할 수 있었다.

그런데 종술이 다섯 살 때였던가. 여동생 종숙이를 낳은 후부터 웬일인지 어머니는 시름시름 앓기 시작하였다. 가난한 산골 살림에 약 한 첩 변변히 써보지도 못하고 자리보전하고 만 것이었다.
결국 어머니는 두 돌도 안지난 어린 딸 종숙이와 사랑하는 아들 종술이를 남겨놓은 채 눈을 감고 말았다. 이때 종술의 나이 겨우 일곱 살, 한창 재롱을 부리며 철모르게 뛰어다닐 나이였다.
"어머니, 어머니 눈 좀 떠봐요. 말 좀 해봐요. 어머니! 어머니!"
어린 종술은 차디차게 식어가는 어머니의 몸을 흔들며 목놓아 울었다. 그러나 한번 세상을 뜬 어머니가 다시 살아 돌아올 리 만무했다. 아버지는 석양빛 아래 멀거니 서서 먼산만 하염없이 바라보고 있었다.
종술은 어머니의 장례를 치르던 날 산에까지 따라가 관을 붙들고 서럽게 울었다.
"어머니, 어머니! 우리 어머니를 땅 속에 묻지 말아요. 우리 어머니를 땅에다 묻지 말란 말예요! 어머니! 어머니! 어머니……."
"쯧쯧, 딱도 하지. 저 어린 걸 남겨두고 어찌 눈을 감았을꼬!"
그러나 종술은 어른들의 손에 끌려 울며 울며 산을 내려올 수밖에 없었다.
어머니가 덜컥 세상을 떠난 뒤 얼마 안 있어 아버지 정씨는 새 아내를 맞아들였다. 아이를 둘이나 데리고 홀아비로 사는 게 결코

쉽지 않았던 것이었다.

 젖도 덜 떨어진 동생 종숙이는 결국 계모 밑에서 천덕꾸러기로 자라게 되었다. 종숙이는 말도 제대로 못하고 갈수록 비쩍 말라만 갔다. 결국 서지도 걷지도 못하더니만 다섯 살 되던 해에 죽고 말았다. 그날밤 거적에 둘둘 말린 불쌍한 동생 종숙의 주검은 아버지의 지게에 실려 어디론가 사라졌다.

 가난한 집안 형편에 계모까지 들어와 눈치밥을 먹게 된 종술은 글을 배울 기회가 전혀 없었다. 남들 다 가는 서당이나 학교에도 가고 싶었지만 말 한마디 꺼내지 못하고 여린 가슴만 태웠던 것이다. 그러다 언제부터인지 종술은 동네 아이들 어깨 너머로 가갸거겨 한글을 눈여겨 배우고 있었다. 지게를 지고 산에 나무를 하러 가다가도 지게작대기로 땅바닥에 가갸거겨를 써보았고, 부엌에서 밥솥에 불을 지피다가도 부지깽이로 부엌 바닥에 가갸거겨를 썼다.

 한창 배울 나이인 종술의 눈에는 평평한 것은 종이요, 뾰족한 것은 붓일 뿐이었다. 낫을 보면 기역(ㄱ)이요, 마당에 널어놓은 멍석은 미음(ㅁ) 자요, 날개를 활짝 펴고 포르르 날아가는 새를 보면 시옷(ㅅ) 자였다.

 그러나 계모는 소년의 이런 마음을 이해해줄 줄을 몰랐다. 이해해 주기는커녕 '이놈! 한번 내 눈에 걸려만 봐라' 하고 잔뜩 벼르고 있었다. 그녀에게는 가갸거겨할 동안 나무 한 짐 덜하는 게 꽤

썸할 뿐이요, 밥 태울 것이 걱정일 뿐이었다. 눈치 빠른 종술이도 계모에게 들키지 않도록 한껏 조심하고 있었다. 들키는 날에는 작대기고 빗자루고 간에 손에 잡히는 대로 후려칠 것이 뻔했기 때문이다.

새로 들어온 계모는 종술이에게 미운 털이 박혔는지 트집만 잡았다 하면 소경 매질하듯 마구 두들겨 팼다. 심지어 하지 않은 일조차 뒤집어씌워 매찜질을 놓기 일쑤였다. 얼굴은 말상에다가 마음 씀씀이가 옹졸하고 표독스럽기 그지 없었다. 그럴 때마다 아버지는 종술이를 감싸주기는커녕 덩달아 혼찌검을 내곤 하였다.

계모한테 혼나고 뒤꼍에 쪼그리고 앉아 울고 있기라도 할라치면, 아버지가 눈을 부라리며 다가와 소리치는 것이었다.

"야, 이 녀석 종술아!"

"예, 아버지."

"너 또 무슨 잘못을 저질렀길래 두들겨 맞고 우는 거냐?"

"전 아무 잘못도 없어요, 아버지."

"아무 잘못도 안 저질렀는데 왜 매를 때렸겠어? 너 또 콩 퍼다 몰래 구워먹다가 들켰지?"

"아, 아니에요, 아버지."

"듣기 싫어, 이 녀석아! 어서 가서 마당이나 쓸어!"

항상 이런 식이었다.

그러던 어느날 계모가 없는 새 마당에 앉아 글씨 연습에 열중하고 있던 종술은 계모에게 들켜 나무하러 가지 않는다고 불붙은 부지깽이로 흠씬 두들겨 맞아야 했다.

"이 문딩이 같은 자식, 하라는 나무는 안하고 퍼대고 앉아서 해가 중천에 뜨도록 왠 미친 지랄이여 지랄이! 손가락을 분질러 버릴라! 에구, 이 징한 년의 팔자야!"

우악스런 매질을 당하고 쫓겨난 종술은 지게를 지고 절룩거리며 마을 고샅을 빠져나오면서 아픔보다도 서러움이 앞서 엉엉 소리내어 울었다. 정신없이 걷다가 보니 어느덧 어머니 산소였다. 종술이는 지게를 내던지고 무너지듯 어머니 가슴 같은 무덤 위에 쓰러졌다.

"어머니! 어머니! 어머니는 왜 나는 안 데려 가세요, 네? 종숙이는 데려가고, 왜 나는 안 데려 가시느냐구요? 어머니! 어머니 차라리 나도 데려가 주세요. 나도 어머니랑 종숙이랑 같이 있고 싶으니 데려가 달라구요! 어머니!"

그날밤 종술은 어머니 산소에 쓰러져서 울며 밤을 꼬박 세웠다. 거기서 밤을 세우면 어머니가 어디로든 데려가 줄 것이라고 생각했다. 포악한 계모도 없고, 죽은 동생 종숙이와 눈치 안 보고 마음껏 글도 배우고 배불리 밥도 먹을 수 있는 그런 곳으로. 죽고 사는 게 무엇인지 몰랐던 어린 종술은 그리운 사람과 만나 행복하게 살 수 있는 그런 세상을 꿈꾸고 있었던 것이다.
 그러나 어머니의 눈물인 듯 무덤가 풀잎에 맺혀 있던 차가운 아침이슬이 종술의 부르튼 볼에 보르르 떨어지는 순간 모든 것은 뒤틀어진 현실로 다시 되돌아오고 있었다. 어젯밤에 내던진 지게작대기가 그대로 산비탈 한 켠에 나동그라져 있는 것이었다.

2
풋보리를 비비고 또 비비고

 어린 마음에 자리잡은 계모에 대한 분노와 원망은 불붙은 부지깽이로 맞은 정강이의 상처처럼 선연하게 가슴에 아로새겨졌다. 계모에 대한 반항심은 나이를 먹을수록 날로 커져만 갔다. 때로는 계모가 싫어할 만한 일을 일부러 골라서 하기도 했다. 이것은 어쩌면 계모에 대한 반항이자, 하나밖에 없는 전처 자식에 대해 비난과 무관심으로 일관하는 아버지에 대한 반항이기도 했다.
 종술이 열 한 살 되던 해였던가. 계모 몰래 광에 들어가 감자를 꺼내 부엌에서 구워먹다가 계모한테 들키고 말았다. 그날도 물론 실컷 얻어맞았다. 너무너무 억울하고 분하고 서러운 마음에 그 길로 물에 빠져 죽어버리자고 마음먹고는 깊디깊은 용소로 달려갔다. 격한 마음에 풍덩 뛰어들기는 했는데, 빠지는 순간 자신도 모르게 허우적거리면서 물 속에서 헤엄쳐 나오고 말았다. 목숨이라는 것이 대체 무엇인지, 자신도 모르게 알 수 없는 힘에 이끌려 용소를 빠져나온 것이었다.

별수없이 다시 집으로 들어갔는데 옷을 버렸다고 또 실컷 두들겨 맞았다. 계모에게 쫓겨나 담벼락에 기대어 앉아 눈물을 훔치는데 밭에 나갔던 아버지가 들어오다가 그 모습을 보았다.

"너 이 자식! 허구헌날 왜 이렇게 애비 속을 썩이는 게냐, 엉! 너 또 광에 들어가서 감자 훔쳐다 구워먹고 콩 훔쳐다 볶아 먹을 거냐, 응?"

"잘못했습니다, 아버지. 다시는 안 그러겠습니다."

"이 자식이 이거 어떻게 된 자식이 맨날 뭘 훔쳐다 먹는 버릇이 들었는지 원. 종술이 너, 정 이러면 아예 굶겨 버릴거야, 응?"

"다신, 다시는 안 그러겠습니다, 아버지."

"꼴도 보기 싫으니 그만 질질 짜고 어서 가서 나무나 한 짐 해와!"

"예."

서러웠다. 외로운 어린 아들의 처지를 헤아려주지 못하고 일방적으로 자신만을 몰아부치는 매정한 아버지가 야속했다. 그런데 그 무뚝뚝하고 야단만 치던 아버지마저 종술이가 열 두 살 되던 해에 덜컥 세상을 뜨고 말았으니……. 언제보아도 차돌맹이같이 다부져

보이기만 하던 아버지가 유언 한마디 남기지 않은 채 세상을 떠나 버린 것이다.

"아버지! 아버지! 아버지이……."

쉰 목소리로 떠나버린 아버지를 애타게 불러보아도 돌아오는 건 빈 산자락을 흔드는 메아리뿐이었다. 어디선가 뻐꾸기가 울었다.

일곱 살에 어머니를 잃고 열 두 살에 아버지마저도 세상을 뜨셨으니, 가장없는 집안에 남은 식구는 무섭기 짝이 없는 계모와 다섯 살 난 이복동생 종석이뿐이었다. 따지고 보면 종술은 이 넓고 넓은 세상천지 어디에도 마음둘 곳 없는 고아가 되어버린 것이다.

혼자 된 계모에게 종술은 눈엣가시 같은 존재였다. 계모의 심술은 점점 더해갔다. 결국 열 두 살짜리 천덕꾸러기가 찾아갈 곳이라고는 어머니 산소뿐이었다. 어머니 산소마저 없었더라면 종술은 진작에 어디로든 훌쩍 가버렸을 것이다.

"어머니! 어머니! 종숙이도 데려가고 아버지도 데려가면서 왜 나만 안 데리고 가십니까? 왜 나만 혼자 놔두냐구요? 어머니, 제발 나도 데리고 가주세요. 나도 좀 데려가 달란 말예요, 어머니! 어머니……."

참으로 질긴 게 사람 목숨인가 보다. 끼니도 굶은 채 그렇게 어머니 산소에 쓰러져 울다 울다 지쳐 잠이 들었는데 그래도 죽지 않고 살아서 내려온 것을 보면 말이다.

그러나 어린시절 전강스님의 기구한 인생행로는 거기에서 그친 게 아니었다. 아버지가 돌아가신 지 채 일 년도 되기 전에 계모는 자기 소생마저도 내버린 채 온다간다 말 한마디 없이 집을 떠나고 말았다. 이제 다 쓰러져가는 초막에는 열 세 살 종술이와 여섯 살 종석이, 이렇게 단 둘만 오도마니 남겨졌다.
철모르는 종석이는 제 엄마를 찾으며 울부짖었지만 기다려도 기다려도 계모는 다시 돌아올 줄을 몰랐다.
이 무렵 이웃동네에 살던 오촌 당숙뻘 되는 사람이 찾아왔다. 평소 잦은 내왕이 없던 터에 이렇게 불쑥 찾아온 것이 이상한 일이었다. 그는 종술의 어머니, 아버지가 돌아가셨을 때도 얼굴 한번 내비치지 않던 위인이었던 것이다. 허나 종술은 고적하던 집안에 안면있는 사람이 찾아와준 것만으로도 고마워서 그를 반갑게 맞아들였다.
"당숙께서 어쩐 일이십니까요?"
"듣자니까 네 계모는 벌써 또 팔자를 고쳤다더라."
"팔자를 고쳤다니요?"
"아, 인석아, 또 시집을 가버렸다 그런 말이야."
"시집을 또 갔다구요?"
"그래, 그렇다니까!"
당숙이 다짜고짜 내뱉는 말에 종술은 어안이 벙벙했다.

'그럴 수가! 아니 우리를 버려두고 나간 계모가 시집을 갔다고? 우리 둘만 버려두고 또 시집을 가? 우리는 죽든지 살든지 상관하지 않겠단 말인가? 아니, 나는 관두고 종석이는 또 어떻게 살라고…….'

"그러니 니들 놔두고 시집간 니 계모가 다시 이 집에 돌아올 리는 없고, 그렇다고 어린 너희들 둘만 살도록 모른 체 할 수도 없고. 에, 참 큰일이다 큰일! 어험."

당숙은 짐짓 헛기침을 하면서 수염도 없는 맨턱을 슬슬 문지르며 종술이 눈치를 곁눈으로 살폈다.

종술은 말없이 아침부터 엄마를 찾다가 지쳐 쓰러져 잠든 동생의 얼굴을 바라보았다. 눈물 콧물 마른 자국이 얼굴에 지도를 그려놓은 듯했다. 그 위로 파리 한 마리가 웽웽거리며 끈질기게 달라붙고 있었다. 종술은 손을 흔들어 파리를 쫓아버렸다. 비록 이복동생이긴 했지만, 계모가 집을 나가고부터는 종술을 그림자처럼 따르는 한 핏줄 한 형제였던 것이다.

종술의 하는 모양을 가만히 보고만 있던 당숙이 마침내 종술의 곁에 바짝 붙어 앉았다. 그는 겸연쩍은 표정으로 종술을 구슬리는 듯한 투로 다시 말을 꺼냈다.

"어험. 저 종술아! 그래서…… 얘기다마는 우리 식구가 이 집으로 와서 함께 살면 어떻겠느냐?"

"우리 집에서 함께 살자구요?"

"그래. 아 촌수로야 내가 종술이 니 오촌 당숙이지만 나보다 더 가까운 친척이 없으니 나를 친작은아버지로 알고 함께 살면 좀 좋으냐? 농사도 내가 다 지어주고 그럴 것이니 말이다."

농사도 대신 지어준다는 오촌 당숙의 말은 종술의 마음을 적잖이 움직였다. 종술은 잠든 종석의 얼굴을 다시 한번 들여다보았다. 혼자서 농사를 감당할 수 있게 될 때까지는 어린 동생을 위해서라도 당숙의 도움을 받는 것이 아무래도 좋을 것 같다는 생각이 들었다.

"그러지요, 뭐."

그러나 이 오촌 당숙의 느닷없는 친절은 바로 부모님이 남겨놓은 논 다섯 마지기와 밭 두 마지기에 욕심이 나서였으니! 세상물정 모르는 어린 소년이 그 음흉한 생각을 어찌 짐작이나 할 수 있었겠는가.

다음날부터 오촌 당숙은 종술의 집에서 같이 살기 시작하였다. 그는 살림을 합치자마자 곧 그 시커먼 속셈을 드러내었다.

"야, 야. 종술아 너 이리 좀 오너라."

"왜 그러세요, 당숙?"

"기왕에 내가 오늘부터 네 집에 들어와 살게 됐으니 너한테 뭐 감추고 자시고 할 게 있겠냐? 내 그래서 얘긴데 말이다. 나한테 딸

린 식구가 셋이다."

"딸린 식구가 셋이라뇨?"

"나 그동안 또 마누라를 얻었는데……."

"예에? 아니 그럼 또 장가를 드셨단 말씀이에요?"

"그, 그래. 홀아비로 혼자 살 수도 없고, 그래서 별 수 있겠냐? 딸 하나 아들 하나 딸린 여자를 데려다 놓았다."

"아이가 둘이나 딸려 있다구요?"

"그래. 종술이 너도 알다시피 내가 가진 게 있냐, 장가를 한두 번 들었냐? 이번이 다섯번째고 보니 고르고 자시고 할 그럴 형편이 못되지 않냐? 그래서 그냥 뭐 자식 딸린 여자지만 그냥 데려온게야."

"어휴! 아니 그럼 그 많은 식구들이 다 우리집에서 같이 살게 되었단 말씀이에요?"

"그, 그, 그래. 내 그래서 말이다, 부엌 딸린 이 안방은 우리 식구가 쓸테니 너하고 종석이하고는 저기 저 허드렛방에서 자도록 해라."

"허드렛방에서 자라구요?"

"저 비좁은 허드렛방에서 우리 네 식구가 잘 수는 없는 노릇 아니겠냐, 응?"

"하지만 저 허드렛방은 방바닥도 안 바른 맨땅인데……."

"아, 이 녀석아! 그거야 이 당숙이 방바닥에 거적을 깔아줄테니까 그 방에서 자도록 해! 아, 이제부턴 내가 이 집 어른인데, 어른 말씀 들어야지 이 녀석아."

"에이, 그 방은 아궁지도 창문도 없는 벙어리방인데요?"

"허허, 이 자식이 이거. 아 벙어리방이건 장님방이건 어른이 시키면 시키는 대로 할 것이지 웬 말대꾸여! 이 자식아!"

하는 수 없이 종술이는 그날밤부터 숨통 막히는 허드렛방에서 자게 되었다. 오촌 당숙이라는 사람이 어른이라는 권위로 누르며 부모없는 어린 소년을 윽박지르는 데야 어쩔 수가 없었던 것이다.

그런데 이 거적떼기에 들어눕자마자 당최 온몸이 가렵고 따거워서 견딜 수가 없었다. 이 벙어리방은 다름아닌 쥐소굴이었던 것이다. 방 안이 온통 벼룩 천지라 누워 있어도 가렵고, 앉아 있어도 가렵고, 서 있어도 가려워 밤새도록 잠도 못잔 채 피가 나도록 긁어야 했다. 어린 동생은 가려워 죽겠다고 뒹굴면서 울어댔다.

"으아아…… 성아! 가려워! 가려워! 엄마……."

"종석아, 조금만 참어. 참으란 말여. 이 성아가 잠재워 줄게. 잠을 자면 안 가렵단 말여, 종석아."

종술은 가려운 것을 참으며 동생을 달래기 위해 옛기억을 더듬어 노래를 부르기 시작했다.

아기자장 아기자장 워리자장 아기자장
머리끝에 오는잠이 눈썹밑에 내려와서
코끝으로 살살기어 깜빡깜빡 스르르르
우리아기 잘도잔다 자장자장 잘도잔다
앞집개는 못도자고 뒷집개도 못도자네
워리워리 못도자도 우리아긴 잘도자네

종술이가 지금 종석이만 했을 때 어머니가 종술의 머리를 쓰다듬으며 곧잘 불러주시던 노래였다. 파리 모기가 앵앵거리며 귀찮게 구는 여름날, 이 노래를 몇 번만 반복하면 종술은 마루에 누운 채로 그대로 잠이 들어버리곤 했었다. 특히 '머리끝에 오는 잠이……코끝으로 살살기어'라는 대목은 어머니의 부채질과 어울려져 종술이가 달콤한 잠에 빠지도록 해주는 것이었다. 어머니는 돌아가시기 전까지 죽은 종숙이에게도 곧잘 이 노래를 불러서 재우곤 했었다.

가렵다고 울어대던 종석이는 종술의 팔을 베고 어느새 새근새근 잠이 들어 있었다. 꿈속에서도 벼룩떼에게 시달리는지 어린 것이 자꾸 몸을 긁어대고 있었다. 코끝이 시큰해져 왔다. 천지사방에 아무도 없고 오직 둘뿐이라는 생각이 불현듯이 스쳐 지나갔다.

"종석아, 걱정말어. 이 성아가 인제부텀은 니 엄마고 아버지여! 그러니께 아무 걱정 말고 푹 자란 말이여."

종술은 잠든 동생의 머리맡에서 나직이 중얼거렸다. 동이 트려는지 어디선가 첫닭 우는 소리가 들렸다. 그러나 방 안은 칠흙처럼 어두웠다.
　새당숙모가 데려온 아이는 뭉치라는 이름의 사내아이와 푸재비라는 이름을 가진 계집아이, 이렇게 둘이었다. 뭉치는 미련하게 퍼먹기만 했는지 디룩디룩 살은 쪄가지고 맨날 게으르게 늦잠을 잤다. 다 늦은 저녁에 일어나서 제일 먼저 가는 곳은 부엌이요, 그 다음은 뒷간이었다. 푸재비는 네모난 얼굴에 깨소금을 뿌려놓은 듯 주근깨가 가득한 아이로, 거짓말을 밥먹듯이 하고 변덕스러운 데다가 고자질쟁이였다.
　종술이가 잠시라도 없으면 종석이 몫을 뚝 떼어가고도 시침떼기가 일쑤요, 빼앗아갈 것이 없으면 가만히 앉아 있는 아이의 머리통을 쥐어박고 달아나기가 일쑤였다. 제것을 빼앗긴 종석이가 울음보를 터트리거나 해서 싸움이라도 날라치면 새당숙모는 치맛바람을 휙휙 내며 달려와 종석이의 덜미를 잡고 이리저리 메다 꽂았다.
　이것에 비하면 사실 밤새도록 벼룩떼한테 물어뜯기는 고통은 아무것도 아니었다. 가려움이야 이를 악물면서 참고 견디면 그뿐이었지만, 새당숙모의 불공평한 처사는 가만히 두고 볼 수가 없었다. 새당숙모는 자기 아들 자기 딸만 예뻐하고 먹일 줄 알았지 다섯 살짜리 종석이가 죽든 살든 굶든 말든 아무런 관심이 없었

던 것이다.

  게다가 자기 자식들과 다투기라도 하는 날에는 종석이만 사정없이 두들겨 패는 것이었으니 더 이상 그 꼴을 두고 볼 수가 없었다. 차별해도 정도가 있어야 하고 꼬집고 때리는 것도 분수가 있어야 할 것인데, 종술이 산에 나무를 하러 갔다 오거나 심부름을 나갔다 와보면, 동생 종석이는 맨날 뒤꼍에 가서 훌쩍거리고 울고 섰는데 팔다리며 얼굴이며 어디 하나 성한 데 없이 멍이 들어 있었다.

  종술의 눈에서 불이 났다. 하루 이틀이래야 참고 견디지 매번 그런 식이니 정말 속에서 천불이 일어나는 거였다. 이복동생이지만 핏줄은 한 핏줄 아니던가.

  "나 없을 때 당숙모가 너를 두들겨 팼단 말이지! 이번에도 내가 가만 있을 줄 알고?"

  종술은 종석이에게 '먼저 저 동네 밖에 가 있으라'고 일러놓고는 비장한 마음으로 당숙한테 따지러 들어갔다.

  "당숙! 당숙! 나 좀 봅시다, 당숙!"

  "왜 그러냐. 왜 날 찾어?"

  "당숙한테 좀 따져야겠습니다."

  "뭐, 뭣이여? 나한테 따질 것이 있다?"

  "세상에 우리가 아무리 부모가 없다고 정말이지 세상에 이럴 수가 있답니까, 예?"

"아니 그런데 이 자식이 이거 왜 이렇게 두 눈을 흰 죽사발을 만들어갖고 이래, 이거?"

"당숙두 양심이 있으면 생각을 해보십시오. 내 동생 종석이가 저 푸재비년하고 싸웠다고 해서 당숙모가 내 동생만 두들겨 팼다는데 말입니다요."

"허어, 난 또 무슨 소린가 했네. 아, 이 자식아! 그거야 종석이 놈이 푸재비를 깬죽깬죽 성가시게 하고 쥐어박고 그랬으니까 얻어 터진 건데 그게 어쨌다는 거야."

"때리려면 똑같이 때릴 것이지 저 푸재비년은 왜 안 때리고 내 동생 종석이만 때렸냔 말예요!"

"아니? 이 자식이 그런데 누구 앞에서 감히 눈을 치뜨고 지랄이여, 지랄이!"

"양심이 틀렸으니까 그렇지요!"

"뭐야? 야, 양심이 틀려?"

"그래요! 당숙도 당숙모도 양심이 도둑놈 양심이란 말예요."

종술의 심상치 않은 태도에 눌려 가만히 말대꾸만 하고 있다가 핏대가 오른 당숙은 옆에 있던 빨랫방망이를 재빨리 치켜들었다.

"아니 이 자식이 이거 몽둥이로 한번 맞고 싶어서 지랄이여, 지랄이!"

종술은 당숙이 빨랫방망이를 치켜들자 슬금슬금 뒷걸음질을 치

며 맞고함을 쳤다.

"에이, 도둑놈! 강도! 늑대! 빌어나 쳐먹어라!"

종술의 입에서 욕설이 흘러나오자 화가 머리끝까지 오른 오촌 당숙은 울타리 밖까지 종술을 쫓아나왔다.

"야! 야! 이놈의 자식, 너 거기 섰지 못해!"

"우리집에 들어와서 사람만 때리고 뭘 잘했다고, 뭘 잘했다고 쫓아와!"

"야 이놈아! 너 이놈의 자식, 너 다시 한번 내 앞에 얼씬만 해봐라. 다리몽둥이를 분질러 놓을테니까."

"잘들 쳐먹고 잘살아라. 잘들 쳐먹고 살아!"

힘으로나 말로나 어린 소년이 어른 하나를 당해내겠는가. 정말 억울하고 분했지만 별 수 없었다. 어머니가 돌아가시고 아버지마저 세상을 뜬데다 계모마저 다른 데로 시집가버렸으니, 호랑이 같고 늑대 같은 오촌 당숙 내외 밑에서 살다가는 동생 종석이가 맞아죽을 것만 같았다. 사람이라고 하는 것은 마음 하나 잘 가지고 잘 쓰면 착하기가 선녀 같고 비단 같은 것이지만, 그 마음 하나 잘못 먹고 잘못 쓰면 독하고 악하기가 호랑이보다 더 무서운 것이다.

이렇게 하여 종술은 다섯 살짜리 동생 손을 이끌고서 고향 마을을 도망쳐 나오게 되었다.

반나절을 형의 손에 이끌려 산을 넘고 내를 건너온 종석이는 배고프다, 다리 아프다 울며 보채었다. 궁여지책 끝에 종술은 밭으로 들어가 누릿누릿 익기 시작한 풋보리를 한아름 따가지고 나왔다. 종술은 풋보리를 손바닥으로 비비고 또 비비고, 입으로 후후후 불어서 동생에게 먹이면서 달랬다.
"종석아, 이거 먹고 울지 말어, 응? 이거 먹고 제발 울지 말란 말여, 응?"
그러나 어느새 종술의 눈에서도 참고 참았던 눈물이 넘쳐나와 볼을 타고 흐르고 있었다.

3
광에서 인심난다는데

 배고프고 다리가 아파서 더 이상 못가겠다는 어린 동생을 업어주기도 하고 달래기도 하면서 찾아간 곳이 계모의 언니, 그러니까 이복동생의 이모집이었다. 종석이 이모네집도 종술이네와 다를 바 없는 가난한 집이었다.
 "이모, 이모. 단 하룻밤이라도 자고 가게 해주세요, 네? 이모."
 그러나 종석의 이모는 쓰다 달다 한마디 없이 남편 눈치만 살피고 있었다. 대신 곁에 있던 거무튀튀하게 생긴 그 남편이 눈을 부라리며 나섰다.
 "아니 이 녀석이 어디 와서 함부로 이모 이모 그래. 여기가 어째서 네 이모집이냐?"
 "나한테는 친이모가 아니지만요, 내 동생 종석이한테는 친이모

잖아요."

"야야. 친이모고 반이모고 내 자식도 귀찮은 세상에 임마, 어서 썩 집으로 돌아가."

종석의 이모부는 제 형 곁에 오도마니 붙어 서 있는 조카에게는 눈길 한번 주지 않고 당장이라도 내어쫓을 듯이 말했다.

"그래두요. 오늘 하룻밤, 하룻밤만이라도 자고 가게 해주세요, 예? 내 동생이⋯⋯내 동생이 배가 고파서 그래요."

종술은 조카들을 외면하고 있는 이모를 붙들고 애원하였다. 그러자 종석의 이모부는 종술을 벌컥 떠다밀면서 소리쳤다.

"이 자식이 이거? 제 자식도 나 몰라라 하고 시집가버리고 마는 판에 우리가 알 게 뭐냐! 임마 어서 썩 돌아가란 말여!"

"너무하십니다. 정말 너무하십니다. 으흐흑!"

결국 식은밥 한 덩이도 얻어먹지 못한 채 그날로 쫓겨나고 말았다. 그런데 그 집 모퉁이를 돌아나오다 보니 처마 밑에 굴비를 매달아놓은 게 눈에 보이는 것이 아닌가. 워낙 배가 고팠던 참에 비릿한 굴비 냄새를 맡으니 그만 눈이 뒤집혔다. 종술은 그 굴비를 벗겨 가지고 누가 볼세라 부랴부랴 마을을 빠져나왔다. 마을을 가로막은 언덕을 넘어서자마자 나뭇가지를 주워다가 불을 피우고 굴비를 구워 둘이서 정신없이 먹었다.

허기진 판에 그 짜디짠 굴비를 맨입에 먹고 나니 이번에는 또 목

이 타서 견딜 수가 없었다. 개울로 내려가서 물로 배를 채우고 산길을 넘어가기 시작했다. 그런데 이번에는 또 형도 동생도 산중에서 갑자기 배가 아파 죽을 지경이 되었다.

"아이고 배야! 아이고 배야! 아이고, 사람 살려! 사람 살려! 아이고 배야."

빈속에 짜디짠 굴비를 구어먹고 거기다 개울물로 배를 채웠으니 산중에서 배탈이 난 것이다. 울다가 뒹굴다가, 겨우겨우 산길을 넘어 삼십리를 더 걸어서 이번에 찾아간 곳은 고모집이었다.

"종석아, 너 여기서 잠깐만 기다리고 있어라, 응? 여기는 말이여, 진짜 우리 고모집이니까 먹여주고 재워주고 그럴 것이여."

고모네는 소를 한 마리 부릴 만큼 밥술깨나 든든히 먹고 사는 집이었다. 곳간엔 곡식이 가마니로 쌓여 있고 기와집은 못돼도 새로 갈아 이은 초가지붕에 방도 서너 칸은 되어 보였다.

고모는 갑자기 찾아온 조카를 눈물바람으로 맞았다. 제 애비 에미 다 잃고 세상천지 의지할 데 없는 고아가 되어 불원천리 찾아온 조카를 보니 억장이 무너지는 듯 눈물부터 쏟는 것이었다.

"에이구…… 어린것이 여기가 어디라구 찾아왔을꼬? 꼬락서니를 보니 몇날은 굶은 것 같구먼…… 쯧쯧. 어여, 들어가자!"

고모와 나이 차가 많이 나 보이는 고모부는 뒷짐을 지고 마루 위에 서 있다가 못마땅한 얼굴로 아무 말 없이 먼저 안방으로 올라갔다. 종술은 꾀죄죄한 차림으로 우선 절부터 올린 후 어렵사리 말을 꺼냈다.
"고모. 저……종석이도 같이 왔어요."
"종석이? 종석이가 누구냐!"
고모보다 고모부가 먼저 눈이 휘둥그래져서 물었다. 누군가 같이 왔단 말에 그는 인상부터 험악해져 가고 있었다.
"제 이복동생인데요…… 저 고모! 우리를 여기서 살게 해주세요. 오촌 당숙네가 우리집에 들어와서 굶기고 두들겨 패고 더 이상 살 수가 없어서 도망쳐 나왔어요. 그러니 제발 우리를 고모집에서 살게 해주세요, 네? 고모!"
혼자가 아니고 제 이복동생까지 데리고 왔다는 말에 고모는 깜짝 놀라서 곁눈으로 힐끗 고모부의 눈치를 보았다. 고모부가 먼저 소리를 버럭 지르며 말했다.
"아니, 그러니까 우리집에 다니러 온 것이 아니라 아주 눌러붙어 살 작정을 하고 왔더라 이런 말이냐? 그것도 둘씩이나!"
"오촌 당숙네가 집도 차지하고 전답도 차지하고 때리고 굶겨서 살 수가 없었습니다, 고숙."
"야야야. 그 고숙 소리 하지도 마라. 아니 원 세상에 아무리 어린것들이라도 염치있는 소리를 해야지. 말도 안되는 소리 작작하고 어서들 돌아가!"

 여태껏 가만히 남편 눈치를 보며 앉아 있던 고모가 남편을 붙잡고 애원하기 시작했다.
 "여보. 저 어린것들이 불원천리하고 찾아왔는데 제 생각을 해서라도……."
 "아, 시끄러! 원 칠칠치 못하게스리 저런 것도 조카라고…… 아, 집이며 전답은 엉뚱한 놈한테 앵겨주고, 나한테는 덤터기나 쓰란 말이야! 잔말말고 돌려보내!"
 더 이상 상대하기도 싫다는 듯 고모부는 벽쪽으로 돌아앉아 곰방대를 물었다.
 "여보, 제발……."
 고모는 오도 가도 못할 신세가 된 어린 조카가 안쓰러워 또다시 눈물을 흘리기 시작했다. 종술은 밖에서 형을 기다리고 있는 종석이를 생각해 마지막으로 사정해 보았다.
 "저, 고숙어른."
 "야야, 그 고숙 소리 듣기 싫대두 그래!"
 "그러면 하룻밤만이라도 자고 가게 해주십시요, 네? 고숙어른!"
 "듣기 싫어! 난 너희들 같은 처가집 조카들 필요없으니 딴 데나 가봐!"
 '광에서 인심난다'는 옛속담이 있다. 그러나 잘사는 부자라 해서 인심이 후하고 인정이 넘치는 것은 아니다. 또 가난하고 못사는 사람이라고 해서 인심이 야박하고 인정이 없는 게 아니다. 후한 인심, 넉넉하고 포근한 인정은 광에서 나오는 것이 아니라 마음에서 나오는 것이었다. 고모네 집은 밥술깨나 먹고 사는 집이었지만, 야박하고 인정머리없는 고모부는 밥 한 그릇은커녕 식은 보리밥 한 덩이도 먹여 보내지를 않았다.

   종술은 어떻게나 야속하고 서럽던지 그날밤 어린 동생을 껴안고 남의 집 헛간에서 자면서 밤새도록 울었다. 떠오르는 건 그저 돌아가신 어머니 생각뿐이었다.

   "어머니, 차라리 나도 데려가 주세요, 어머니! 아버지도 데려가고 종숙이도 데려가고 다 데려가면서 왜 나만 안 데려가십니까, 예? 차라리 나도 데려가 주세요. 제발 나도 데려가달란 말예요! 어머니……."

   오라는 데가 있는가 찾아갈 데가 있는가. 친고모 집에서도 문전박대를 당하고 쫓겨난 종술은 보리밥 한술씩을 얻어먹어 가면서 여기저기 떠돌았다. 그래도 가난한 집에선 '원 어린것들이 불쌍하기도 하지' 하고 혀를 끌끌 차가면서 먹던 보리밥이라도 인심좋게 나눠주기도 했다.

   그러나 무작정 이런 식으로 동생을 데리고 떠돌 수는 없었다. 종석이 하나만이라도 안정적으로 맡아줄 데가 필요했다. 생각 끝에 종술은 이리저리 수소문을 해서 계모가 재가하여 사는 집을 알아

 내었다. 자식들을 버리고 가기는 했지만 설마 자기가 낳은 종석이마저 모른 척하지는 않을 것이었다.
 계모가 새로 시집간 곳은 종술의 고모네 집에서 사오십 리는 족히 되는 곳이었다. 동네 안으로 들어서자 이집 저집 울타리 안에서 개들이 한꺼번에 짖어대었다. 계모네 집은 우물 옆, 아름드리 감나무가 서 있는 집으로 겉보기에는 살림이 그리 옹색해 보이지 않았다.
 "종석아, 너 이 성아 말 잘 들어야 한다. 너 그동안 이 성아하고 같이 돌아다녀 봤지? 맨날 굶기만 하구, 맨날 한뎃잠만 자구, 너 이러다간 병들어서 죽게 된단 말여. 그리고 지금은 날씨가 춥지 않아서 견딜만 하지만 눈오고 얼어붙으면 영락없이 얼어죽는단 말여. 그래서 성아가 이 다음에 돈 많이 벌어가지고 너를 꼭 찾으러 올 것이니까 말여······."
 "성아! 어디 가려구?"
 "종석아! 저기 저 집 보이지?"
 "응. 쩌어기?"
 "아, 그려. 저기 저 감나무 있는 집 말여. 그 집에 종석이 니 어머니가 계시니까 저 집에 가서 살고 있으란 말여. 알겠어?"
 "같이 가, 성아······. 엄마한테 같이 가!"
 "으응? 나도 같이 살자구? 그것은 안되는 일이여. 너는 친어머니지만 나는 의붓자식인데 아, 나까지 저 집에 어떻게 가냐? 그러니 내 걱정은 말고 니 어머니한테 가서 꾹꾹 눌러참고 살고 있으란 말여, 응?"
 "이잉…… 싫어. 성아야, 같이 가! 잉……."
 "이 자식이! 너 이 성아한테 맞아볼려? 아, 썩 못가!"
 이렇게 달래고 을르고 등을 밀어서 계모가 개가해서 살고 있는 집 삽짝 안에 어린 동생을 억지로 떠밀어놓고 종술이는 정신없이 동네를 빠져나왔다. 주체할 수 없이 눈물이 쏟아져 나왔다. 어리고 철모르는 동생이었지만 험한 산 같이 넘고, 한뎃잠을 잘 때 의지가 되어주었는데 이제 앞으로는 진짜 혼자인 것이다. 뉘엿뉘엿 저무는 해를 등 뒤로 하고 종술은 손금밖에는 없는 빈주먹을 꽉 쥐었다.
 '이제 나는 혼자다. 혼자서 살아가야 혀!'
 이름도 알 수 없는 이 마을을 지나고 방향도 알 수 없는 저 동네를 지났다. 배가 고프면 밥을 얻어먹었고, 날이 저물면 아무데서나 한뎃잠을 잤다.
 그렇게 헤맨지 여러 달. 어느덧 때는 기울어 들판에는 이삭이 누렇게 패이고, 가을 하늘에는 기러기가 떼지어 날고 있었다.
 종술은 걸음도 쉴 겸 논두렁에 앉아 있었는데 불현듯 강가 갈대밭에서 천둥치는 소리가 들려왔다.

'이게 무슨 소리지? 오호라! 총소리 아녀?'

소리나는 방향을 가만히 보고 있노라니 물오리떼가 새까맣게 날아오르는 게 아닌가. 종술은 벌떡 일어나 강가로 달려갔다. 웬 일본사내 하나가 도리우찌라는 납작한 모자를 눌러쓰고 엽총을 들고 있었다. 물오리 사냥을 하고 있는 모양이었다.

"야아! 아저씨 사냥꾼이세요?"

"나, 사냥꾼? 아, 아니야. 사냥꾼은 아니고, 마, 가끔씩 잡어. 조선총각 어째서 왔어?"

선선히 대답하는 걸 보니 일본사람이지만 악해 보이지는 않았다.

"아, 예. 사냥하는 거 구경하려구요."

"조선총각 집이 어디야? 저기 저 마을에 살어?"

"아, 아니에요."

"그러면 조선총각 어디서 살지?"

"전 집이 없어요. 부모님도 안 계시구요."

"집도 없고, 부모님도 없어?"

"예. 저 아저씨 따라다니면 안되나요? 그 무거운 총 같은 건 제가 짊어지고 다닐 수 있을텐데요."

"나 따라다니고 싶다? 나 따라온다 그 말이지?"

"예! 힘든 일은 제가 다 해드릴게요."

일본사람은 싱긋이 웃으며 종술이 말하는 양을 지켜보다가 쾌히 응낙하는 것이었다.
"좋아. 따라와, 따라오라구!"
그때부터 종술은 그 일본 사냥꾼을 따라다니기 시작했다. 길을 걸어갈 적에는 엽총을 대신 매주고, 총을 쏘아 물오리떼를 맞추면 강물 위에 떨어진 물오리를 건져 내오기도 하고, 그야말로 심부름꾼 노릇을 하게 된 것이다.
"아저씨! 맞았어요, 맞았어! 오리 한 마리가 저 물속으로 떨어졌다구요."
"그 그래! 맞았어! 맞았어! 가서 건져와!"
"예, 걱정마세요. 내가 가서 건져올게요!"
총을 맞고 물속에 떨어져 있는 물오리를 건져낼 때였다. 문득 종술은 시뻘건 피를 흘리며 마지막 힘을 다해 빠져나가려고 푸드덕거리는 이 물오리가 불쌍하다는 생각이 들었다. 종술은 자신의 젖은 팔에 전해져 오는 이 가엾은 짐승의 체온을 느끼면서 어쩌면 자신의 운명도 이 물오리와 같은 것이 아닐까 하고 생각했다. 불현듯 콧등이 시큰해져왔다.
그날은 하루종일 이 마이상이라는 일본사람을 따라다니며 조수 노릇을 열심히 했다. 날갯죽지에 총을 맞고 몸부림치는 물오리를 잡아오는 것은 정말이지 기분좋은 일은 아니었지만, 어쩌겠는가?

　마이상과 함께 있는 동안은 먹을 걱정을 하지 않아도 좋았던 것이다.
　그러나 그것도 잠깐, 날이 어두워지고 이제 이 일본사람과 헤어질 때가 되었다. 종술은 저녁연기가 피어오르는 마을쪽을 바라보면서 오늘은 어디 가서 잠을 자나 하는 생각에 한숨을 쉬고 있었다. 그런데 갈 준비를 하며 짐을 꾸리던 마이상이 종술을 불렀다.
　"이것보라고, 조선총각."
　"예. 왜 그러세요?"
　"총각은 집이 없다고 그랬지?"
　"예."
　"음, 그러면 마 우리집으로 가자구. 우리집에 마누라하고 나하고 둘이서 사니까 조선총각과 같이 살아도 된다."
　"아, 아니! 그럼 저도 정말 같이 살 수 있단 말씀인가요?"
　"정말이지, 정말이야. 우리 마누라 가게 보니까 조선총각이 심부름을 잘해주면 같이 살아도 된다."
　"아! 이거 정말 고맙습니다. 마이상, 정말 고맙습니다."
　뜻하지 않았던 행운에 종술이는 기뻐 어쩔 줄을 몰랐다. 가게 심부름을 해주면서 같이 편안히 먹고 잘 수 있다니, 얼마나 행복한 일이냐! 종술은 마이상의 총과 짐꾸러미를 양손에 들고도 무거운 줄을 모르고 정신없이 마이상을 쫓아갔다.

마이상의 부인은 과연 아담한 가게 하나를 운영하고 있었다. 집에는 일본식 다다미를 깔아놓은 방이 여러 개 있었고, 복도를 사이에 두고 한길이 난 쪽으로 온갖 물건이 쌓여 있는 가게가 있었다. 종술은 아침이면 일찍 일어나 상점 안팎을 청소하고 물건이 담긴 상자를 날랐다.
　마이상 부인은 일본여자답게 친절하고 상냥했으나, 웬일인지 물건을 만지는 것만은 질색을 해서 종술은 청소를 하거나 상자를 나르면서 눈요기만 할 뿐이었다. 며칠을 왔다갔다 하면서 가만히 보니 이 상점 진열대에는 별의별 물건이 다 있었다. 그 모두 종술로서는 처음 보는 신기한 서양물건들이었다. 물건을 넣을 수 있는 가방도 있고, 신발도 있고, 각양각색의 모자도 있었다.
　그중에서도 가죽으로 만든 지갑이 있었는데 종술은 그 반들반들 윤이 나는 가죽지갑을 한번 만져보고 싶었다. 어떻게나 탐이 나든지 밤에 몰래 점포로 나가서 지갑 하나를 꺼내가지고 방에 들어갔다. 불빛에 그 지갑을 비춰보며 이리 열어보고 저리 열어보고 하다가 잠이 들었다.
　그런데 다음날 일찍 청소를 하고 있는 종술을 마이상이 불렀다.
　"절 부르셨습니까, 마이상?"
　"그래. 내가 불렀다."
　"무슨 일인데요, 마이상?"

마이샹은 굳은 표정으로 품에서 가죽지갑을 하나 꺼내었다. 종술의 가슴이 덜컹했다. 아무래도 지난밤 종술이 하는 짓을 마이샹 부인이 본 모양이었다.

"조선총각, 혹시 가죽지갑 마, 이거 하고 똑같이 생긴 지갑 이런 지갑 한 개 가지고 있어?"

"아, 아, 아닙니다요, 마이샹. 저는요, 이런 지갑 안 가져갔습니다요."

"안 가져갔다?"

"예, 안 가져갔어요."

마이샹은 종술의 눈을 똑바로 쳐다보면서 다시 한번 말했다.

"솔직히 말하면 된다. 솔직히 말해라. 이런 지갑 못 봤나?"

마음속에서는 여러 가지 말이 끓어넘쳤지만 입 밖으로는 한마디도 나오지 않았다. 솔직히 말하라지만 말하고 나면 쫓겨날 수도 있는 것이다.

"아, 아, 아니라구요. 훔친 일 없어요!"

"흠……."

일본인 마이샹은 미간을 좁히며 가볍게 한숨을 쉬더니 결단을 내린 듯 종술에게 말했다.

"마, 그렇다면 하는 수가 없다."

"하는 수가 없다뇨?"

"조선총각이 정직하지 못한 사람이라 같이 살지 못하겠다."
"아니, 아니? 마이상 아저씨, 그러면……."
"조선총각 우리집에서 나가라."
"예에? 나가라구요?"
"이 돈을 줄테니 이거 가지고 빨리 나가라."
"마이상! 마이상 아저씨! 제가, 제가 잘못했습니다요."
"이젠 마 끝이다. 총각이노 그만 나가라."

종술은 이렇게 해서 그 집을 나올 수밖에 없었다. 그래도 그 일본인은 마음씨가 착하고 무던한 사람이었다. 도둑질을 하고 쫓겨나는 종술에게 그때 돈으로 적지 않은 돈까지 쥐어주었으니 말이다.

옷은 홋껍데기를 입고 있었는데 종술이가 마이상네서 쫓겨난 날은 시월 초하룻날이었다. 날은 점점 추워지고 갈 데는 없고 앞길이 막막하였다.

'이제 어디로 가지? 제발로 나온 집엘 다시 들어갈 수도 없고…… 옳지! 절에 들어가면 재워주고 입혀준다는데. 에라, 송광사에 가서 중이나 되자!'

떠꺼머리 어린 총각 종술은 이렇게 마음을 먹고는, 묻고 물어서 승주 송광사를 향해 멀고 먼 길을 떠나게 되었다.

4
하늘을 덮고도 남는 복을 타고나야

　송광사로 들어가서 중이나 되자고 마음먹은 종술은 승주를 향해 걸음을 재촉하고 있었다. 추수가 끝난 황량한 벌판에는 드문드문 허수아비만 고적하게 서 있었다. 어느 마을 앞을 지나고 있는데 논둑에서 마른풀을 베고 있던 한 농부가 말을 걸어왔다.
　"얘, 이 녀석아! 거 보아하니 나이도 어린 녀석이 혼자서 대체 어디로 가는 게냐?"
　종술이 걸음을 멈추고 내려다보니 허름한 옷을 입은 농부 하나가 밀짚모자를 흔들고 있었다. 얼굴은 거무튀튀하고 목소리도 투박했지만 흰 이를 활짝 드러내고 웃는 게 인정미가 있어 보였다.
　"예. 저 승주 송광사로 가는 길이옵니다요."
　"승주 송광사는 왜?"

"거기 가서 중이나 되려구요."
"뭣이라고? 중이나 되려고 송광사로 찾아간다?"
"예."
농부는 종술의 당돌한 대꾸에 기가 막힌지 허허 웃기부터 했다.
"허허허! 예끼 이 녀석! 아 인석아, 아 송광사에 가면 아무나 중을 시켜준다더냐?"
"아니, 그럼 중 되는 것도 어렵단 말씀입니까요?"
"허어, 이 녀석이 중 되는 걸 아주 우습게 아는군 그래! 아 인석아 말도 못 들었어? 부잣집 아들이라고 해서 받아주는 게 아니요, 사대부집 아들도 아무나 받아주는 게 아니여, 인석아!"
종술은 중도 아무나 시켜주는 것이 아니라는 농부의 말에 겁부터 더럭 났다.
"그, 그럼 어떤 사람을 중 만들어 주나요?"
"그거야 나두 잘 모르겠다만서두. 뭐 뭐래든가 그, 그래. 하늘을 덮고도 남는 복을 타고나야 출가수행자가 된다구 그러드라."
"그럼 저 같은 떠돌이는 송광사에 가봤자 퇴짜나 맞겠네요."
"아 그걸 말이라고 해? 보나마나 퇴짜지. 어림도 없다 인석아!"
종술은 아예 꿈도 꾸지 말라는 듯이 고개를 절레절레 흔드는 농부를 보고 풀이 죽어버렸다.
'아니 몇날 며칠을 달려온 게 모두 헛수고란 말인가.'

농부의 말이 맞는 것이라면 이제부터 어디로 가야 좋은지 걱정이 앞섰다. 종술은 논두렁에 털썩 주저앉아 이 생각 저 생각 하다가 다시 농부에게 말을 붙였다.
"저 그럼 아저씨."
"왜?"
"저 어디 심부름이라도 해주고 얻어먹고 살 데 주선 좀 해주세요."

농부는 하던 일을 계속하면서 건성으로 대답하다가 얻어먹고 살 데 주선 좀 해달라는 종술의 말에 놀라 고개를 번쩍 들었다.
"가만, 너 그러고 보니 정말로 집도 절도 없는 아이더냐?"
"예."
"양친부모도 다 돌아가셨구?"
"예."
"쯧쯧. 거 인물은 훤하게 잘 생긴 녀석이 초년고생이 말씀이 아니구먼."
"그러니 아저씨! 어디 깔뚱이라도 좀 시켜주십시오."
"인석아, 봄부터 가을까지 소한테 풀 베다 먹일 때나 깔뚱이가 필요하지 동지섣달에 누가 깔뚱이를 들이겠냐?"
"저요, 아저씨, 소여물도 쑬 줄 안다구요!"
"글쎄다. 뭐 하여튼 오늘은 날도 저물어가고 하니 날 따라오너

라. 머슴방에라두 내가 재워줄테니까."

"아유 고맙습니다. 아저씨, 정말 고맙습니다."

이렇게 해서 그날밤은 그 인심좋은 농부를 따라가서 동네 머슴방에서 잤다. 그러나 농사철이 끝나고 보니 어느 누구도 군식구를 들이려 하질 않았다.

하는 수 없이 그 마을을 떠나 장터로 나왔다. 이때만 해도 세상 인심이 오늘처럼 각박하지가 않았던 시절이라 장터에 가면 아무나 들어가 잠잘 수 있는 동네방이 있었다. 이 장터 저 장터 돌아다니는 장돌뱅이들, 등짐장수들, 오갈 데 없는 막벌이꾼들 이런 민초들이 모여드는 공짜방이 있었던 것이다.

종술이도 별수없이 이 동네방에 들어가서 얻어먹다가 굶다가 하면서 하루하루를 지내고 있었다. 그런데 오랫동안 동네방에 지내다 보니 누구한테서 옮았는지 온몸에 옴이 옮아버렸다. 가려워 견딜 수가 없었지만 쫓겨날까봐 누가 알세라 긁지도 못하고 끙끙 속으로만 앓고 있자니 이건 꼭 죽을 맛이었다.

그러던 어느날 밤, 종술은 그만 가려움을 견디지 못하고 잠결에 온몸을 박박 긁어대고 말았다. 곁에서 밤늦도록 술을 마시며 한담을 나누고 있던 장돌뱅이 두엇이 소스라치게 놀라더니 잠자는 종술을 두들겨 깨웠다.

"아 아 아니? 이 자식 이거 옴 걸렸구만 그래! 이 자식, 일어나

냉큼 나가지 못해?"

"아 아니에요, 아저씨. 이건 옴이 아니라 벼룩한테 물려서 그래요."

"이 자식이 어디다 옴을 퍼뜨리려고 그래, 이거! 당장 나가란 말여, 나가!"

"아저씨들! 이 추운데 어디로 나가라고 이러십니까요? 한번만 봐주세요. 예, 아저씨?"

"이 자식아. 나가라면 나가란 말여, 임마! 나가!"

너나할것없이 공짜잠을 자는 처지에 옴이 퍼진다고 완력으로 밀어내니 어쩔 수 없이 동네방을 나와야 했다. 몸은 가렵지 날씨는 춥지 갈 데는 없으니 막막하기 이를 데 없었다. 하는 수 없이 그날 밤은 짚더미에서 한뎃잠을 잤다. 새벽에 잠이 깨었는데 무서리가 내려 몸은 꽁꽁 얼어붙었고, 팔다리 온 삭신이 아프지 않은 데가 없었다.

아픈 몸을 끌고 어디 가서 아침밥이라도 한술 얻어먹을 양으로 이름도 모르는 어느 마을 입구에 들어섰다. 헌데 찾아든 집이 공교롭게도 풀무간이었다. 풀무간 안은 화기가 있어 매우 따뜻했다. 풀무를 돌리는 아저씨는 사람이 들어선 기척도 모르고 정신없이 일에 열중해 있었다.

"저, 아저씨! 아저씨!"

"무슨 일이더냐?"

종술은 아무 소리도 못하고 풀무간 앞에 서서 우물쭈물하고 있었다.

"아니 못보던 아인데 무슨 일로 왔느냐?"

"예. 저 배가 고파서 그러는데요, 밥한술만 좀 얻어먹게 해주십시요."

"아니 그럼 넌 거렁뱅이 아이란 말이더냐?"

"얻어먹고 사니까 거렁뱅이죠 뭐."

그제서야 주인은 종술의 얼굴을 위아래로 찬찬히 뜯어보기 시작했다. 떠돌이 생활에도 때묻지 않은 표정하며, 무엇보다도 눈빛이 맑은 게 밉지 않았다.

"허! 그녀석. 거 얼굴은 훤하게 생긴 녀석이 얻어먹고 다니다니 ……그래, 나도 아직 아침을 안 먹었으니 들어와서 기다려라."

"아유! 고맙습니다, 아저씨."

주인아저씨는 다시 풀무질을 하기 시작했다. 종술은 신기한 듯 풀무간 안을 한참 구경하다가 호기심을 참지 못하고 다시 주인에게 말을 붙였다.

"아저씨, 지금 뭐하시는 거예요?"

"아 인석아 보면 모르냐? 풀무질하는 거지."

"풀무질 해서 뭘 만드시는데요, 아저씨?"

"이렇게 풀무질을 해가지고, 놋쇠를 녹여서, 유기그릇을 만드는 거다."

주인아저씨는 난데없이 웬 거렁뱅이 아이가 와서 이것저것 귀찮게 묻는데도 아주 친절하게 대답하는 품으로 봐서 마음씀이 넉넉한 사람이었다.

"아, 그럼 밥그릇을 만드신단 말씀이에요?"

"허허허! 인석아 어디 밥그릇뿐이냐? 국그릇도 만들고 수저도 만들고 그러지."

"아, 네에."

종술은 이 친절한 아저씨 밑에서 일도 배우고 얻어먹고 살면 얼마나 좋을까 하는 생각이 들었다. 문득 마이상이라는 일본사람 생각이 났다. 거기서 상점일을 도우면서 성실히 살았으면 지금 이 고생을 하지 않았을 거라는 후회도 일었다.

"저, 아저씨."

"왜?"

"저 여기서 이 풀무질이나 해드리고 얻어먹고 살면 안되겠습니까요?"

"풀무질 해주면서 얻어먹고 살겠다?"

"예."

"정말 풀무질은 제대로 해낼 수 있겠냐?"

"어유, 그럼요? 제가 한번 해볼게요!"
"그으래? 어디 한번 해보거라."
사람좋은 풀무간 주인은 선뜻 종술에게 풀무질을 맡기는 것이었다. 종술은 워낙 눈썰미가 있어 아까 주인아저씨가 하는 것을 눈여겨 본 대로 힘껏 풀무질을 했다.
"허허! 그 녀석 제법이네 그래!"
"이, 이렇게 하면 되는거죠, 아저씨?"
"그래, 그래. 헌데 풀무질도 인석아, 빨랐다 느렸다 하면 안되는 게야. 마음을 느긋하게 먹고 똑같은 간격으로 밀었다 당겼다 해야지."
"아하! 이렇게…… 말씀이지요, 아저씨?"
"그래, 그래, 그래. 느긋하게 해야 오래 할 수 있는 게다."
"그럼, 아저씨 저한테 이 풀무질 시켜주시는 거죠?"
"하하하! 뭐 이 풀무질만 제대로 해준다면야 먹이구 재우는 건 내가 맡으마."
"아! 고맙습니다, 아저씨. 정말 고맙습니다."
종술은 이렇게 해서 생각지도 않던 유기그릇 만드는 풀무간에 얹혀 지내게 되었다. 종술의 풀무질하는 솜씨는 나날이 늘어갔다. 한 가지를 가르쳐 주면 열 가지를 아니 풀무간 주인 김천택 씨는 종술을 여간 귀여워하는 것이 아니었다. 김씨 아저씨는 풀무질하는

것뿐만 아니라 찰흙과 차돌을 섞어 유기그릇 가마를 만드는 일까지도 완전히 종술에게 맡기게 되었다.

　얼마 지나지 않아 풀무간을 출입하는 손님들이나 유기장수들도 종술을 잘 알게 되었다. 그들은 주인아저씨가 출타했을 때도 종술에게 안심하고 일을 맡겼다. 김천택 씨는 종술을 완전히 신임하게 되어 마침내 비싸기 짝이 없는 상납까지 맡아서 관리하게 되었다.

　"얘, 종술아, 너 이 쇠가 무슨 쇤지 아느냐?"

　"잘 모르겠는데요, 아저씨?"

　"이게 바로 상납이라고도 하고 주석이라고도 하는 것인데, 이게 들어가야 놋그릇이 되는 것이다. 이거 아주 비싼 것이니까 간수를 잘해야 한다. 알겠느냐?"

　"예 아저씨, 간수를 잘 하겠습니다."

　종술에게는 이제 한 가지 재미가 더 생기게 되었다. 배불리 밥 얻어먹고, 신나게 일하고, 편하게 잠자는 재미. 거기다 또 그 비싼 상납 쪼가리를 모으는 재미. 땅속에다 그릇을 묻어놓고 상납 쪼가리를 한 조각 두 조각 몇 달을 모으고 보니 어느덧 그릇으로 하나가 되는 것이었다.

　이듬해 삼월이었다. 봄바람이 선들선들 불고 버들가지에 물이 오르기 시작하는 때였다. 종술이도 한겨울 지내고 나니, 떠돌이 시절에 얻은 속병도 거의 다 낫고, 옴으로 성치 않았던 피부도 깨끗이 벗겨졌다. 풀무간을 드나드는 사람치고 '고놈, 예쁘다, 잘 생겼다'고 칭찬하지 않는 사람이 드물 정도였다.
"저, 주인아저씨."
"왜 그러느냐?"
"잠깐 고향에 좀 다녀왔으면 좋겠는데요?"
"고향에 다녀오겠다구?"
"네."
"아 인석아, 넌 고향에 부모형제 아무도 없다고 그러지 않았느냐?"
"아이 그렇지만 아버지 어머니 산소는 고향에 있거든요."
"아버지 어머니 산소?"
"네. 그리고 내일모레가 아버님 제삿날이라…….'"
"호오! 그 녀석 참 기특한 생각을 다 하는군 그래. 그렇다면 다녀오도록 해라."
"고맙습니다, 아저씨."
"헌데 너 정말로 다시 올거냐? 아니면 아버지 제사 핑계삼아 어디 다른 데로 가려는 게냐?"
"어? 아닙니다요, 아저씨! 아저씨 은혜를 저버리고 제가 어찌 다른 데로 가겠습니까요? 제사지내고 산소에 들렀다가 곧바로 다시 오겠습니다요, 아저씨."

"그래? 그럼 어서 다녀오너라."

땅속에 묻어둔 상납 쪼가리를 꺼내 장터에 나가 팔았더니 돈이 수월찮게 많아서 몇 냥이나 되었다. 그당시 몇 냥이면 상당히 큰 돈이었다. 그래 그 돈으로 물색 고운 조끼를 하나 사 입고서, 제삿상에 올릴 제물을 준비해 가지고 고향을 향해 발길을 재촉했다.

몇 년만에 찾는 고향이던가. 눈에 익은 언덕과 냇가가 눈앞에 나타나자 종술은 그만 눈시울이 뜨거워졌다.

"아이고, 이게 누구여? 종술이 아녀!"

동네사람들은 몰라보게 달라져버린 종술을 보고 다들 깜짝 놀라 했다. 예전의 천덕꾸러기가 아니었던 것이다. 어디에 가 있다가 이렇게 신수가 훤해졌냐고 모두 놀라는 눈치였다.

그러나 막상 종술의 옛집은 절터처럼 조용하기만 할 뿐이었다. 오랜만에 찾아온 종술을 반겨줄 사람은 이 집에 없었다. 종술의 옛집 툇마루 밑에 웅크리고 누워 낮잠을 즐기고 있던 낯선 개 한 마리가 다짜고짜 종술에게 덤벼들었다. 댓돌에 신발은 있건만 몇 번을 불러도 대답이 없던 신발 주인은 개짖는 소리에 겨우 방문을 열고 나왔다. 오촌 당숙이었다.

종술이네 집이며 논밭을 집어삼킨 오촌 당숙은 종술을 반가워하기는커녕 눈치부터 살폈다.

"저리 가지 못해, 이놈의 개새끼! 그래 종술이 니가 어쩐 일로 다시 왔느냐?"

 오촌 당숙은 찌뿌등한 낯빛으로 개부터 나무란 뒤 종술을 향해 얼굴을 돌렸다. 종술은 심사가 사나워질 대로 사나워져 말이 곱지 않게 나갔다.

 "왜요? 내가 뭐 못 올 집에 오기라도 했단 말씀입니까요?"

 "어허 이 자식이, 이거 말버릇 좀 보게. 내 얘기는 임마, 아주 살려고 왔느냐 아니면 잠시 다니러 왔느냐 그걸 묻는 게야."

 종술의 말소리가 더욱 험악해졌다.

 "왜요? 내가 아주 살려고 왔다고 하면 내쫓을려구요?"

 심상치 않은 종술의 기세에 눌려 당숙의 목소리가 잦아들었다.

 "어허 나 원. 이런 말버릇이라니! 내 말은 임마."

 "왜요? 내가 우리집 우리 논밭 다 내놓으라고 할까봐 그게 겁나서 그러십니까요?"

 "하하. 나 이런 자식 봤나? 이거야······ 내 얘기는 임마."

 오촌 당숙은 얼굴에 억지 웃음을 띄우며 말을 딴 데로 돌리려 애썼다. 자기 앞에 떡 하니 서 있는 종술은 몇년 전 울면서 도망치듯 집을 떠났던 그 소년이 아니었다. 어깨도 떡 벌어졌고 해사한 얼굴에 눈에선 힘이 넘쳐 흐르고 있었다. 자기 앞에서 어쩔 줄 모르고 손을 비비고 서 있는 오촌 당숙의 모습을 보니 종술은 어쩐지 불쌍한 생각이 들었다. 옛날이나 지금이나 없이 사는 것은 마찬가지인

모양이었다. 목소리를 부드럽게 낮추면서 종술이 물었다.
"오늘 저녁이 무슨 날인지 알기나 합니까요?"
"오늘 저녁이 무슨 날이냐니?"
"우리 아버지 제삿날이란 말입니다요. 제삿날이요!"
"오, 오, 오늘 저녁이 제삿날이라구? 오 참! 제삿날이란 말이지. 저 그렇지 않아도 네 당숙모가……."
말을 더듬는 당숙 앞에 종술은 아무 말 없이 돈을 내놓았다.
"이 돈으로 떡이나 한 시루 하도록 하십시오. 다른 제물은 내가 장터에서 사왔으니까요."
당숙은 종술이 내민 적지 않은 돈을 보자 눈이 휘둥그래지더니 황급히 손사래를 쳤다.
"아, 아니다. 돈은 무슨! 아, 우리가 농토를 부쳐먹고 있으니까 떡이야 뭐……."
"돈은 내가 많이 벌어왔으니까, 돈걱정은 마시구요."
"아니? 너 이게 대체 어떻게 번 돈이냐, 그래?"
"나 돈 잘 벌어요. 그리구요, 제사만 지내고 산소에 들렀다가 다시 돈 벌러 갈테니까, 다른 걱정은 하지도 마시라구요."
"그래, 그래. 알았다, 알았어. 내 너 섭섭치 않도록 제사 준비 다 할테니까 조금도 걱정하지 말아라."
제사를 지낸 다음날 종술은 아침 일찍 아버지 어머니 묘소가 있는 산으로 올라갔다. 그동안 벌초도 제대로 하지 않아 무덤에는 잡초가 무성해 있었다. 종술은 가지고 올라간 낫으로 반나절 넘게 잡초를 골라내었다. 그리고 아버지 어머니 산소에 술을 한 잔씩 올린 후 엎드려 작별인사를 올렸다.

"아버지, 어머니. 이제 고향 떠나면 크게 성공하기 전엔 다시 고향에 돌아오지 않을 거예요. 아시겠지요, 아버지. 아시겠지요, 어머니. 다시는, 다시는 고향에 돌아오지 않을 거라구요! 으흐흑!"

그동안 쌓인 설움, 그동안 쌓인 한을 모두 쏟아내듯 종술은 울음을 토해내었다. 이제 떠나면 언제 다시 부모님 묘소에 술을 올릴 수 있을지 모를 일이었다. 어디선가 뻐꾸기가 구슬피 울었다.

5
유기장수 소년 종술이

　제사를 지내고 난 후 종술은 다시 유기그릇 만드는 풀무간으로 돌아왔다. 제 날짜에 맞춰 돌아온 종술을 주인아저씨는 더욱 미덥게 생각하였다. 종술이 역시 부모님 묘소 앞에서 '성공'을 다짐하고 온 뒤라 전보다도 더욱 열심히 일하였다.
　그러나 아무래도 사내대장부로 세상에 나와서 성공을 하자면, 이 좁은 풀무간 안에 박혀 있다간 안될 것 같은 생각이 들었다. 물론 주인 김씨가 아들과 같이 여기고 보살펴준다는 것은 잘 알고 있었지만 언제까지나 풀무질을 하며 세월만 축내고 있을 수가 없는 것이 종술의 심정이었다.
　아버지 어머니 영전에 한 약속도 약속이려니와 계모집에 두고 온 이복동생 종석이의 모습이 눈에 밟히는 듯하였다. 의붓자식의

설움을 잘 알고 있는 종술이로서는 귀여운 동생 종석이가 의부 밑에서 얼마나 천대를 받을까 생각하니 하루빨리 돈을 벌어 데려와야 한다는 조바심이 마음을 달구었다.

어느 날 하루일이 다 끝났을 때였다. 쓰던 연장을 챙기고 있는 종술에게 주인아저씨가 말했다.

"가, 가, 가만! 연장을 챙길 때는 잘 닦아서 챙겨야 하는 거다. 어디 좀 보자."

"예. 여기 있습니다, 아저씨."

"음. 거 시키지도 않았는데 잘 닦았구나. 그래! 무슨 일을 하든 너처럼 이렇게 틀림없이 하는 아이는 어디가나 괄시를 안받는 법이다. 자, 그러면 손발 씻고 밥먹으러 들어가자꾸나."

"저, 아저씨."

"왜 그러느냐?"

"드릴 말씀이 있는데요."

주인 김씨는 어렵사리 말을 건네는 종술을 부드러운 눈길로 바라보았다. 싹싹하게 일만 잘하던 아이가 아버지 제사 모시러 갔다온 뒤로 무슨 고민이 생겼는지 혼자 풀무간 귀퉁이에 앉아 무엇인가를 골똘히 생각할 때가 많은 것을 김씨는 유심히 지켜보던 터였다.

"무슨 얘기냐? 으응, 품삯을 좀 받았으면 좋겠다 그런 말이더

냐?"

"아아 아닙니다요, 아저씨. 품삯을 달라는 말씀이 아니고요."

"그, 그럼 무슨 말이냐?"

"저 풀무질 그만하고요······."

"풀무질 그만하겠다구?"

"예, 저 그대신."

"그대신, 그래 무슨 일을 하겠다는 거냐?"

"저두 유기그릇을 짊어지고 다니면서 유기장수를 좀 해봤으면 해서요."

"유기그릇 장수를 해보고 싶다구?"

"예."

"에끼, 이 녀석!"

주인 김씨는 말도 안된다는 듯 펄쩍 뛰었다. 김씨 눈에는 아직 어린 아이인 종술이가 그 험한 유기장수를 한다고 나서니 그로서는 사실 반대하고도 남을 일이었다. 그러나 세상물정 모르는 순진한 종술이가 그 뜻을 알 수 있었겠는가.

"어, 왜요, 아저씨?"

"이 녀석아, 유기그릇 장수는 아무나 못하는 것이야."

"어, 왜 아무나 못한다는 말씀입니까요, 아저씨?"

"그건 말이다. 거 뭐 하여튼 너 같은 아이에게 유기그릇 장수는 아직 이르다."

"에이 참 아저씨도! 저도 유기그릇 몇 벌쯤은 짊어지고 다닐 수 있다구요, 아저씨."

"글쎄 그 유기그릇 몇 벌 짊어지고 다닐 기운이 없다는 게 아니라 그 뭣이냐, 거 하여튼 유기그릇 장수는 아무나 하는 게 아니다."

아버지처럼 생각하고 따르던 주인 김씨가 정확한 이유도 대지 않고 마냥 반대만 하니 종술이로서는 답답할 노릇이었다.

"에이 그러지 마시구요 제발 저도 유기장수 좀 시켜주십시요."

"어허 이녀석! 안된대두 그래!"

"이제 알았어요!"

"알긴 뭘 알았다구 그래, 이 녀석아."

"유기그릇 몇 벌 외상으로 저한테 짊어져 내보내기가 겁나서 그러시죠? 떼먹고 도망칠까봐서요."

김씨의 심정을 이해하지 못하는 종술은 혹시 자기를 의심해서 그런 것은 아닐까 하고 생각했던 것이다. 갈수록 태산이라. 당황할 대로 당황한 주인 김씨는 식은땀을 흘리며 종술의 고집을 꺾으려 애썼다.

"아 아니야, 인석아. 널 못 믿어서 그러는 게 아니라 하여튼 안된다면 안되는 줄 알어!"

그러나 종술은 심술이 날 대로 나서 입술을 한껏 비죽거렸다.
"저를 아주 불량한 도둑놈으루 보신다 이거죠 뭐."
"허허, 이녀석 아니래두 그래."
"그게 아니면 뭣땜에 안된다구 하십니까요, 아저씨."
"나 이런 답답한 녀석! 아휴, 그래! 니가 직접 유기장수 노릇을 해봐야 내 속을 알게다. 유기그릇 두 벌이구 세 벌이구 내어줄테니 어디 한번 나가봐라."

기어이 고집을 부린 종술은 유기짐을 등에 짊어지고 장사 길에 나서게 되었다. 그런데 하루도 못지나서 종술은 주인아저씨 김씨가 왜 그토록 유기장수 하는 것을 말렸는지를 알게 되었다. 세상에 못해먹을 게 유기장수 노릇이었던 것이다. 유기장수라는 사람들은 이건 허구헌날 밥먹고 돌아다니면서 한다는 게 거짓말이었다.

이 유기그릇으로 말할 것 같으면, 놋쇠가 하도 좋아서 일년 열두달 삼백육십오일 단 한번을 안 닦아도 녹이 슬지 않습니다. …… 어쩌구 저쩌구…… 이런 거짓말을 눈썹 하나 깜짝하지 않고 하면서 팔아먹고 돌아다니던 시절이었다. 지금에는 그런 유기상이 없지만 그땐 유기장사다 하면 사람 속여먹는 고약한 장사로 이름이 짜하게 나 있던 터였다.

나이도 어린 종술이가 유기장사로 나섰으니 천하에 못된 길로 들어선 것이었다. 며칠을 다녀보니까 유기장수가 왔다 하면 이건 어디를 가나 의심부터 하고 보았다. 그러니 말 한마디 뻔지르르하게 바를 줄 모르는 종술의 유기를 누구 하나 거들떠 보았겠는가.

며칠째 허탕만 치다가 하는 수 없이 풀무간으로 돌아갈 수밖에 없었다. 주인 김씨는 힘없이 축 늘어져 돌아온 종술을 보고 혀를 끌끌 찼다.

"그것 봐라, 종술아. 너 공연한 헛고생 그만하고 다시 풀무질이나 하는 게 어떠냐?"

"아닙니다요 아저씨. 기왕에 나선 유기장사니 기어이 한번 팔아 보고 말겠습니다."

"아이구! 저 고집하고는!"

어쩌면 그것은 종술의 괜한 고집인지도 몰랐다. 하지만 기왕지사 세상에 나와 돈벌어 성공하겠다고 마음을 먹었으면, 고작 이 정도에서 물러날 수야 없지 않는가. 아직 단순하기만 한 종술은 인생의 성공이란 돈 많이 버는 것이라고 굳게 믿어 의심치 않았던 것이다.

"그런데 말씀이에요 아저씨, 왜 사람들이 유기장수를 사기꾼, 도둑놈으로 의심만 한답니까요?"

"내 그래서 널더러 유기장사는 아무나 못하는 것이라고 하지 않더냐. 유기를 잘 팔려면 거짓말을 식은죽 먹듯 해야 하고, 허풍을 손바닥 뒤집듯 떨어야 하는 건데 종술이 너한테 그 짓을 어떻게

시키겠느냐?"

종술은 그 얘기를 듣고 나자 곧 고개를 끄덕였다.

'아하! 그래서 내 물건을 사지 않았구나……'

"알았어요, 아저씨. 저도 내일부터는 다른 유기장수들이 하는 대로 허풍도 한번 쳐볼랍니다요!"

한적한 산길에 바랑 하나 걸머진 스님 한 분이 걸어가고 있었다. 이 스님은 옥과면 관음사라고 하는 절에 있는 스님이었는데 신도 가운데 초상을 당한 집이 있어 다녀오는 길이었다. 조그만 개울을 지나치다 다리도 쉴 겸 물이나 마시고 갈 요량으로 길에서 쑥 들어간 넓다란 바위에 앉아 있는데 자신이 지나온 길 쪽에서 무슨 타령 소리가 들려오는 것이었다.

자세히 보니 노랑물을 들인 명주 수건을 머리에 동인 귀여운 아이 하나가 커다란 등짐을 맨 채 흥얼흥얼하면서 걸어오는데 손짓 발짓 하는 모양이 영락없는 장돌뱅이 흉내였다.

"이 유기그릇으로 말씀을 드릴 것 같으면, 일년 열두달 삼백육십 오일 단 한번을 닦지 않아도 번들번들 반짝반짝 녹이 슬지 않습니다요. 아, 어디 그뿐입니까요? 이 유기그릇으로 말씀을 드릴 것 같으면, 그야말로 잡쇠는 눈꼽만큼도 섞이지 않은 질좋은 유기로써, 삼대를 물려도 변색하지 않는 조선에서 제일 가는 유기올습니다요.

자, 유기를 들여놓으십시요! 유기를 들여놓으세요! 날이면 날마다
오는 유기가 아니올습니다. 유기라고 해서 다 같은 유기가 아니올
습니다. 자, 유기를 들여놓으십시요. 유기를 들여놓으세요!"
 아이의 하는 꼴을 보니 웃음이 절로 나왔다. 입은 옷은 남루하나
얼굴이 맑고 눈빛이 형형하니 예사 아이가 아닌데, 가만 있자, 어
디선가 보던 아이가 아닌가.
 '가만! 옳지! 저 아이가 바로 풀무간 김씨집 일을 도와주던 아이
로구나. 헌데 저 아이가 뒤에 유기짐을 잔뜩 매었으니 저 나이에
유기장수로 나섰단 말인가?'
 스님은 종술이 가까이 다가올 때까지 이 생각 저 생각에 골몰하
고 있었다. 가끔 풀무간에 들리면 상냥스럽게 인사하는 거 하며 힘
하게 컸어도 예의범절에 밝은 것 같아, 영민한 아이로 눈여겨보았
던 터였다.
 "이 유기그릇으로 말씀을 드릴 것 같으면, 일년 열두달 삼백육십
오일 단 한번을 닦지 않아도 번들번들 반짝반짝 녹이 슬지 않습니
다요. 아, 어디 그뿐입니까요? 이 유기그릇으로 말씀을 드릴 것 같
으면……."
 종술은 박자에 맞추어 고개까지 건듯건듯하면서 잔뜩 흥이나서
장타령을 부르고 있었다. 유기장수 노릇을 제대로 하려면 거짓말을
밥먹듯 해야 하고 허풍을 손바닥 뒤집듯 해야 한다는 말을 듣고 그

까짓 허풍 나도 좀 떨어보자고 단단히 마음먹었던 것이다. 무엇보다 어리다고 눈아래로 볼 것이 뻔하여 목소리도 어른처럼 착 깔고서 부지런히 연습을 해야 했다.

'그까짓 허풍! 나도 연습하면 훌륭히 할 수 있다 그 말이여!'

"이것 봐라! 유기장수!"

종술이가 다시 한번 흠흠 하고 목을 가다듬으며 마을쪽으로 난 갈래길로 들어서려는데 등 뒤에서 자기를 부르는 소리가 들려왔다.

'어라! 이 산중에 누가 나를 부른다지? 옳지, 내 연습하는 소리를 듣고 누가 유기를 사겠다고 부른 것이렷다?'

이런 생각에 마음이 부풀어 뒤를 돌아보았지만 산길에는 아무도 없는데 다시 한번 부르는 소리가 들려왔다.

"아, 나 좀 보란 말이다."

개울쪽으로 들어간 평평한 바위에 앉아 있던 스님이 나뭇가지를 헤치고 쑥 앞으로 나섰다.

"어? 아니 스님 아니십니까요."

종술은 깜짝 놀라 고개를 숙이고 인사를 드렸다.

"그래, 날 알아보겠느냐?"

"예. 저, 접때 우리 풀무간에 시주 얻으러 오셨을 때 뵈었구만요."

"그래. 나는 저기 저 옥과면 관음사에 있느니라."
"아아, 예에. 저, 그런데 유기를 사려고 저를 부르셨습니까요?"
"얘, 인석아! 나이도 먹기 전에 이런 짓 하고 다니면 못쓰는 법이야."
"예? 무슨 말씀입니까요, 스님?"
"인석아, 나이도 어린 녀석이 세상에 할짓이 없어서 그래 이런 못된 유기장사를 한단 말이더냐?"
"유기장수가 어때서요, 스님?"
"감언이설로 남을 속이면 요 다음에 지옥에 떨어지는 법이야."
"지, 지옥에요?"
"그래. 그러니 너 이런 몹쓸 장사 그만 집어치우고 날 따라 가서 중 노릇 하는 게 어떻겠느냐?"

만석지기 아들이라도 아무나 중 되는 것이 아니라는 농부의 말을 들은 뒤로 중 되기는 다 틀렸다고 생각하고 돈버는 일에만 골몰하고 있던 종술에게 스님의 이 말은 수년 가뭄 끝에 내리는 단비와도 같았다. 종술은 믿어지지 않는다는 듯이 스님에게 물었다.

"그, 그럼 정말로 저에게 중 노릇 시켜주시렵니까요, 스님?"
"말 잘듣고 부지런하면 시켜주고말고."

이것이 꿈인가 싶었다. 하늘을 덮고도 남는 복을 타고나야 출가 수행자가 될 수 있다던데, 자신이 정말 천운을 타고난 사람인 듯

했다.

"저, 정말로 중 만들어 주실거죠, 스님? 정말로요!"

"그래, 정말로."

스님의 확언을 듣자 이제는 여태껏 멀쩡히 지고 있던 유기짐이 그렇게도 거추장스러울 수가 없었다. 천하의 허풍선이 유기장수가 되려 하는 길목에서 천지신명의 구원을 받은 셈이었다.

"그, 그럼 스님! 여기서 조금만 기다려주세요!"

"아니 인석아 어딜 가려구?"

"이 유기그릇을 풀무간 주인한테 돌려주고 와야지요."

"아, 아니 뭐라구?"

그러나 유기장수 소년은 이미 저만큼 달려가고 있었다. 산모퉁이를 돌면서 종술은 스님쪽을 향해 손을 흔들었다.

"금방 돌아올테니 기다리세요, 스님!"

열 다섯 살 천덕꾸러기 떠돌이였던 종술은 장편월 스님을 만나 유기짐을 벗어던지고 보니, 앞이 훤히 트인 것만 같아 마음이 시원하기 짝이 없었다. 훨훨 하늘로 날아갈 것만 같았다.

6
관음사 땡초 밑에서

관음사는 담양군에 인접한 곡성군 옥과면에 위치한 절로 큰 절은 아니었다. 장편월 스님은 바로 이 관음사의 주지스님이었다. 얼굴이 둥글넙적하고 털털하여 까다로워 보이지는 않았으나 주먹만한 콧등에 개기름이 흐르는 게 어딘지 속되 보이는 구석이 있었다.

스님은 종술이가 보면 볼수록 귀여운지 요리조리 살펴보며 흐뭇한 미소를 만면에 띠웠다. 종술은 절구경은 처음이라 불상이나 벽에 걸린 불화를 신기한 듯 바라보고 있었다. 주지스님은 잠시도 가만 있지 않고 여기저기 기웃거리는 종술을 끌어다 앉혀놓고는 몇 가지 물어보았다.

"얘, 이 녀석, 네 속가 이름이 무엇이라고 했더냐?"

"예, 정종술이라고 그럽니다요."

"정종술이라."
"예."
"넌 오늘부터 이 절에서 중 되는 공부를 해야 하느니라."
"중 되는 공부를 어떻게 하는 건데요, 스님?"
"내 상좌가 너에게 다 가르쳐줄 것이다만, 우선 천수를 외우고 초발심 자경문을 배우고……."
 공부를 한단 말에 눈이 번쩍 뜨인 종술은 좋아서 입을 헤 벌리며 말했다.
"그럼 공부를 가르쳐주신단 말씀이지요?"
"그래. 하지만 공부만 한다고 해서 다 중이 되는 것은 아니니라."
"그럼 또 무엇을 배워야 하는 건가요, 스님."
"음, 땔나무도 해와야 하고, 밥도 지어야 하고, 설거지도 해야 하고, 빨래도 해야 하고, 텃밭을 일궈서 채소도 가꾸어야 하고, 해야 할 일이 태산 같느니라."
"어, 어휴…… 그럼 제가 해야 할 일이 그렇게나 많다는 말씀이에요?"
"그게 다 출가수행자가 배워야 할 일이니 여러 소리 말고 시키는 대로 해야 할 것이다."
"예."

"오늘부터 당장 산에 가서 땔나무부터 한 짐 해오도록 해라."

공부 뿐만 아니라 오만 가지 절 심부름을 맡아해야 한다니 중 되는 일이 그렇게 쉬운 것은 아닌가 보았다. 그러나 절에서 주지스님처럼 높은 사람은 없다고 들은 기억이 있던 터라 종술은 아뭇소리도 못하고 고개를 조아리며 물러나왔다.

이렇게 해서 종술은 관음사에서 머리도 깎지 않은 채 고달픈 행자 노릇을 하게 되었다. 그러나 어렸을 적부터 아주 총명했던 종술은 고달픈 행자생활에도 불구하고 공부에도 뛰어나 관음사 스님들의 감탄을 자아내었다. 천수경을 단번에 외워버리는가 하면 초발심자경문도 빠른 속도로 배워나가 가르치는 스님들을 오히려 머쓱하게 만들었다.

학교에는 가본 적도 없이 글을 배우는 친구들 어깨 너머로 글자를 겨우겨우 눈여겨 봐왔던 종술이가 관음사에 들어온 지 얼마되지 않아서 초발심 자경문을 줄줄 외울 수 있게 되었으니 이건 정말 보통 일이 아니었다.

상좌들이 입에 침이 마르도록 칭찬을 하자 관음사 주지 장편월 스님이 친히 종술을 불러 시험을 하였다. 그런데 어느 대목 지적만 하면, 줄줄줄줄 청산유수와 같이 구성지게 외우니 장편월 스님은 혀를 내두르고 말았다.

"애, 종술아."

"예, 스님."
"그 다음도 마저 외울 수 있겠느냐?"
"예."
"그럼 어디 한번 계속 해서 외워보아라."
"예…… 부처님께서 이르신 성스런 말씀에 의지하고, 어리석은 사람들의 허망한 말은 따르지 말라. 나이 많은 사람이 형이 되고, 나이 적은 사람은 아우가 되느니라. 만일 다투는 사람이 있으면 두 사람을 화해시켜 서로 자비로운 마음으로 대하게 하고, 나쁜 말로 다른 사람을 상하게 하지 말라. 행여라도 도반들을 업신여기고 속이며 시비를 한다면 이와 같은 출가는 전혀 이익됨이 없느니라."
종술이 낭랑하게 글외는 소리가 조용한 절 안에 울려퍼졌다.
"허허, 그래 그래. 어디 좀더 외워보아라."
"재물과 여색의 화는 독사보다도 더 무서운 것이니 스스로 반성하고 그른 줄을 알아서 항상 멀리 할지어다."
"허허, 이런 녀석! 더 외울 수 있겠느냐?"
"예…… 할일없이 다른 사람의 방이나 집에 들어가지 말 것이며, 은밀한 처소에서 남의 일을 구태여 알려고 하지 말며, 육일이 아니거든 내복을 빨지 말며, 양치하고 세수할 적에 큰 소리로 침을 뱉거나 코를 풀지 말 것이며, 음식을 돌릴 적에 차례를 어기지 말며, 걸을 적에는 옷자락을 헤치거나 팔을 흔들지 말며, 말할 적에

는 큰 소리로 웃거나 희롱하지 말라……."

주지스님의 얼굴에는 만족스런 미소가 피어올랐다. 스님은 더 외울 필요가 없다는 듯 손을 들어 종술을 제지하였다.

"그만그만, 됐느니라. 넌 틀림없이 큰 물건이 될 그릇이니 게으름 피우지 말고 부지런히 공부해야 할 것이다."

"예, 스님. 명심하여 부지런히 공부하겠습니다."

종술은 머리를 깊이 숙이며 분발을 약속했다. 행자생활이 고달프기는 하나 글공부를 하는 것은 정말이지 즐거운 일이었다. 경책을 펼칠 때마다 경외심이 일기조차 했다. 천수를 다 뗀 후 기성 상좌로부터 초발심을 배우는데 이 초발심 경문이 구구옥절이었다. 정말이지 이 좋은 가르침이 땅에 떨어질까봐 걱정스러울 정도였다. 그 초발심 자경문 구절 가운데 이런 구절이 있었다.

만일 종사스님이 법상에 올라 법문하는 때를 만나거든 그 법문이 어렵다는 생각으로 물러설 마음을 내거나 혹은 평소에 늘 듣는 것이라고 해서 소홀히 생각하지 말고 마땅히 생각을 비우고 법문을 들으면 반드시 깨달을 때가 있으리라. 말만 배우는 사람처럼 입으로만 판단하지 말라. 똑같은 물이라고 해도 독사가 마시면 독이 되고 소가 마시면 우유가 된다고 하셨으니 지혜롭게 잘 배우면 보리를 이룰 것이요, 어리석게 배우면 생사에서 벗어나지 못한다 함이 바로 이를 두고 하는 말이니라. 비롯함 없는, 옛적부터 익혀온 애욕과 성내는 마음과 어리석은 생각이 마음에 얽히고 설켜서 잠깐 수그러졌다가 다시 일어나는 것이 마치 하루걸이 학질과 같으니 어느 때든지 더욱 수양하는 방편과 지혜에 힘을 써서 마음속에 번뇌가 들어오지 못하게 해야 할 것이거늘 한가하게 근거없는 이야기로 세월을 헛되이 보내고서야 어찌 마음을 깨달아 삼계를 벗어나는 길을 구한다 하겠는가.

종술은 이 법문을 읽고는 사내대장부로 이 세상에 태어나서 해야 할 일이 바로 도닦는 것밖에는 없다고 마음을 정해버렸다. 여태까지 이 좋은 부처님 법을 왜 알지 못했던가 하고 한탄할 정도였다.

그런데 문제는 전혀 생각지도 못한 곳에서 생겼다. 이때는 왜정때라 스님들이 마누라도 얻고 자식도 보는 그런 때였다. 이 장편월 스님도 말하자면 대처승인데, 매일 술과 고기를 일삼고 대취해서 돌아오기가 일쑤였다.

이제 행자생활을 시작하며 출가수행자의 기본 법도인 천수경과 초발심 자경문을 외기 시작한 종술에게 주지스님의 이런 추태는 대단한 충격이었다. 더욱 놀라운 것은 다른 스님들의 행동이었다. 그들은 주지스님의 이런 모습을 보고도 놀라기는커녕 오히려 태연한

표정이었다.

　종술에게는 출가수행자가 지켜야 할 도리가 어쩌고 저쩌고 하며 고달픈 행자생활을 강요하면서 정작 스님의 행실이 이러 하니 종술은 고민에 빠지기 시작했다. 세상에 태어나 사내대장부로서 할 일 중에 가장 큰 일이 중이 되어 보리를 이루는 일이라고 생각해 왔지만, 절대로 저런 스님을 닮고 싶지는 않았다. 갈등이었다.

　어느 날, 그날도 주지스님은 출타하였다가 술이 잔뜩 취해 비틀거리며 돌아왔다. 스님은 절에 들어서자마자 쩌렁쩌렁한 큰 소리로 종술 행자부터 찾았다. 그 스님 딴에는 자기 수하에 똘똘한 행자 녀석 하나 얻었다고 귀여워하는 것이었다.

　"야아, 종술이 어딨냐? 종술아!"

　종술은 책을 읽고 있다가 스님이 부르는 소리를 듣고 얼른 문을 열었다. 술냄새가 진동을 했다. 종술의 이맛살이 절로 찌푸려졌다.

　"아유, 스님! 스님! 왜 이러십니까요, 스님!"

　주지스님은 취중인데도 종술의 비난하는 듯한 목소리를 감지했는지 혀 꼬부라지는 소리로 어거지를 썼다.

　"나, 술 한잔 했다, 왜?"

　"어휴, 스님! 스님은 술마시면 안된다고 그랬는데요."

　"야, 인석아! 난 말야 중은 중이지만 술도 마시고 고기도 먹고 뭐 그렇고 그런 땡초다, 땡초! 알겠냐?"

자기 입으로 땡초 운운하는 데에는 종술도 그만 질려버렸다. 더 이상 대답할 기분이 나지 않아 스님의 팔을 잡고 방 안으로 이끌었다. 그러나 스님은 더 할말이 남았는지 발을 버퉁기며 움직이려 하지 않았다.

"아이, 스님. 왜 이러십니까요, 예? 그만 정신차리고 들어가서 쉬십시요, 스님!"

"야, 임마, 너 종술이 너 말이다. 행자 노릇 그만큼 했으면 내가 이제 네 머리를 깎아줘야 되겠다. 종술이 너 이제 내 상좌가 되는 것이다. 알겠느냐? 내 상좌가 된다 이런 말이야."

"이것 보십시요, 스님!"

참다 못한 종술의 커다란 목소리가 고요한 절 안에 울려퍼졌다. 아직 어린 나이라고는 하지만 종술 행자의 목소리와 상대방을 꿰뚫는 듯한 눈빛에는 위엄이 서려 있었다. 횡설수설하던 주지스님은 약간 정신이 드는지 초점없는 눈으로 종술을 바라보았다.

"엉? 왜, 왜 그래."

종술의 입술이 바르르 떨며 나직한 목소리를 토해냈다.

"전 말씀입니다요 스님, 부지런히 공부해서 도닦는 스님이 되고 싶지 술마시고 고기먹는 땡초는 싫습니다요!"

"뭐, 뭐라구!"

취중에 깜짝 놀라 입이 얼어붙어버린 주지스님을 마당에 그대로

 두고, 종술은 제 방으로 돌아왔다. 실망이었다. 만취한 스님의 해괴한 모습을 지켜보는 종술의 심정은 말할 수 없이 참담했다. 그날 종술은 밤을 꼬박 새우며 이 생각 저 생각을 거듭하였다.
 어떻게 할 것인가. 막막하였다. 종술은 답답한 마음을 가라앉히기 위해 절 밖으로 나와 홀로 밤길을 거닐었다. 칠흑 같은 밤하늘엔 새벽별이 빛나고 있었다. 종술은 돌계단에 앉아 생각을 가다듬었다.
 '부처님은 출가사문에게 산 목숨 죽이지 말고, 도둑질하지 말며, 거짓말도 하지 말고, 술마시지 말고, 여자를 가까이 하지도 말라고 이르셨는데, 술마시고 고기먹고 각시질까지 하다니! 저 스님은 스님이 아니라 땡초란 말이여. 그러면서 나를 상좌삼겠다고? 어림도 없지, 어림도 없어! 내가 여기서 저런 땡초한테 머리를 깎고 술 심부름이나 할 줄 알고…… 그런데, 그런데 말여. 대체 도인스님이 되려면 어디에 있는 어느 절로 가서 공부를 해야 할 것인지 내가 그것을 알아야 말이지. 오라…… 그려! 기성스님한테 눈치채지 않도록 살짝 물어봐서 그걸 좀 알아내야겠구먼.'
 종술은 자기가 생각해낸 꾀가 스스로 생각해도 장한지 어둠속에서 혼자 웃고 또 웃었다.
 잠시 눈을 붙이고 난 종술은 날이 밝자마자 여느 때와 마찬가지로 일어나 절 안팎을 청소하고 있었다. 주지스님은 아직 일어나지 않으신 모양이었다. 아침공양을 마친 뒤 설거지를 하면서 기회를 엿보던 종술은 기성스님이 한가한 틈을 타서 슬며시 말을 걸었다.
"저 기성스님."
"왜?"
"주지스님은 어디 가셨나요?"
"작취미성이라 아직도 주무시는 모양이다."
"작취미성이라뇨? 그게 무슨 말씀이세요?"
"어젯밤 마신 술, 아직 덜 깼단 말여."
"아아 예에. 저 그런데 말씀이에요, 기성스님."
"왜?"
"도닦는 공부를 해야 할 스님이 술 마시고 고기 먹어도 되는 겁니까요?"
 책을 읽으며 건성으로 대답하던 기성스님이 눈을 크게 뜨고 종술을 한참 쳐다보더니 가볍게 한숨을 내쉬었다.
"그건 가서 주지스님한테 물어보아라. 뭐라고 대답하실런지 원."
 기성스님 역시 주지스님의 행실을 못마땅하게 생각하는 것이 분명했다.
"저 기성스님."
"왜 그러느냐?"

"저, 도닦는 공부를 제대로 하려면 무슨 공부를 해야 하는 건가요?"

"그거야 선방에 들어가서 참선공부를 해야지."

"선방이 어디 있는데요?"

"선방이야 큰 절에 가면 다 있지."

"그럼 큰 절에 가면 도인스님들도 다 계시나요?"

"그러엄. 금강산에 가면 금강산 도인, 오대산에 가면 오대산 도인, 가야산에는 가야산 도인, 조계산에는 조계산 도인……."

"큰 절 중에서 제일 큰 절은 어디어디에요?"

"경주에 가면 불국사, 속리산에 가면 법주사, 조계산에 가면 송광사, 가야산에 가면 해인사, 양산에 가면 통도사, 부산 동래에는 범어사, 오대산에 가면 월정사, 팔도강산 곳곳마다 큰 절 없는 데가 어디 있겠느냐?"

기성스님은 도인스님이 있는 큰 절 이야기가 나오자 흥이 나서 노랫가락 읊듯 줄줄 읊어대었다. 종술이는 이 절 이름들을 하나하나 머릿속에 새기듯 되물었다.

"경주에 불국사, 속리산에 법주사, 가야산에 해인사라고 그러셨지요?"

"그래."

"그럼 그 가야산은 어디 있는 산인가요, 스님."

"가야산이야 대구에서 합천을 거쳐가면 되는데 왜? 너 가야산 해인사에 가려구?"

종술이가 하도 구체적으로 물어오자 갑자기 의심이 드는 모양이었다. 당황한 종술은 얼굴에 실없는 웃음을 머금으며 손사래를 쳤다.

"아, 아닙니다요. 제가 감히 어떻게 그런 큰 절에 갈 꿈이나 꾸겠습니까요? 그저 한번 물어본 것 뿐이죠, 뭐. 요 다음에 크면 한번 가볼까 해서요."

종술은 그렇게 요리조리 살살 물어가지고 가야산 해인사 가는 길을 자세히 알아두었다. 이제 적당한 기회가 찾아오기를 기다리는 수밖에 없었다. 그러던 어느날 마침내 두 스님이 모두 출타하신 틈을 타서 바랑을 하나 챙겨들었다. 노잣돈이 없으니 별수없이 쌀 소두 한 말 슬쩍 퍼담아 가지고 절을 빠져나갔다.

종술은 산을 내려가자마자 길가다 먹을 양식만 남기고 장터에 들러 모두 내다 팔았다. 그걸로 노자를 삼아 해인사를 찾아가려는 것이다. 종술은 장터에서 산 조그만 단지에다가 단지밥을 해 먹어가면서 걷고 걷고 또 걸었다. 걷는 것과 한뎃잠 자는 것은 어릴 적부터 이골이 난 일이었다. 게다가 지금은 떠돌이 때와는 달리 뚜렷이 찾아갈 목적지가 있으니 걷고 걷다가 죽는다 해도 하나도 아쉬울 것이 없을 것 같았다.

　이때 종술의 나이 열여섯 살이었다. 전라도 곡성에서 경상도 합천 해인사까지는 결코 짧은 거리가 아니었다. 걷는 데 익숙한 종술의 걸음으로도 여드레가 걸렸던 것이다. 좌우지간 합천 지나면서부터는 발바닥이 온통 부르터 절룩절룩 하면서 오지 단지로 밥을 지어 먹어가며 해인사를 찾아갔다.

　며칠 후, 평화로운 독경소리가 울려퍼지는 해인사 경내에 거지꼴을 한 소년 하나가 들어섰다. 조용히 절마당을 산책하고 있던 사람들은 이 지저분한 소년을 벌레보듯 피하기 시작했다. 실로 이루 형언할 수 없는 행색이었다. 며칠이나 안 감았는지 이가 득실득실할 것 같은 더벅머리에, 헤어질 대로 헤어져 누더기가 다 된 옷으로 보아 천상 거지꼴이었다.

　그는 어디가 아픈지 다리를 질질 끌며 걸었다. 잠시 후 거지소년의 입에서는 예사롭지 않은 감탄소리가 흘러나왔다.

　"아아, 여기가 바로 해인사로구나!"

　그는 바로 곡성 관음사에서 온 정종술이었다.

7
갓난아이에게 밥을 먹이면 어찌 되겠는고

　해인사에 당도한 기쁨은 잠시뿐이요, 종술에게는 새로운 걱정거리가 생겼다. 해인사 오는 길에 소문을 듣자 하니 해인사에서는 다른 절에서 온 사람은 받아주지 아니하고 그냥 퇴짜를 놓는다는 것이었다. 덧깎이라고 해서 퇴짜를 놓는 모양인데 소문대로라면 낭패도 이런 낭패가 없었다.
　불원천리를 찾아온 종술은 앞이 캄캄했다. 고민 고민한 끝에 그 전에 관음사에서 살았던 일은 숨기기로 작정을 하였다. 관음사에선 머리도 깎지 않았으니 끝까지 우기면 어쩌랴 싶었다.
　그렇게 마음을 단단히 먹고 해인사 산문을 턱 들어섰다. 겉으로는 태연했지만 여기서 퇴짜를 맞으면 어떻게 할 것인가를 생각하니 그만 눈앞이 아득하였다. 주위에서들 거지가 절에 들어왔다고 수군거렸지만 그런 것쯤 아랑곳할 형편이 못되었다.
 종술은 가야산 해인사 경내로 들어서자마자 스님 한 분을 찾아뵙고 넙죽 인사부터 올렸다. 난데없이 거지꼴을 한 아이가 넙죽 절을 하니 스님은 눈을 둥그렇게 뜨고 종술이 하는 양을 지켜보다가 말을 건네었다.
 "그래 넌 대체 어디서 온 아이던고?"
 "예. 전 전라도 곡성에서 온 정종술이라 하옵니다요."
 "흠…… 전라도 곡성에서 왔다면 아주 먼 길을 왔구나. 그래 대체 무슨 일로 이 멀고 먼 가야산을 찾아왔느냐?"
 "예. 전 머리 깎고 출가하여 도닦는 스님이 되고 싶어서 이렇게 찾아왔습니다."
 "머리 깎고 출가하여 도닦는 스님이 되고 싶어서 왔다구?"
 "예. 그러하옵니다."
 찾아온 아이가 묻는 대로 척척 대답을 하자 스님은 자못 호기심이 당기는 모양이었다. 자세히 보니 행색은 더럽고 남루해도 눈에 총기가 있는 게 영민해 보였다. 스님은 머리를 젖히며 껄껄 웃었다.
 "허허허. 고 녀석, 참 맹랑한 녀석이로구나. 넌 대체 어디서 무엇 하던 아이더냐?"
 "예, 전 전라도 곡성 풀무간에서 풀무질을 하다가 왔습니다."

"양친부모는 어디에 계신고?"
"양친부모는 다 돌아가셨습니다."
"음, 부모님이 다 돌아가셨다?"
종술은 아무 말 없이 머리를 조아렸다.
"그러면 풀무간에서 남의 집 살이를 하다 왔단 말이더냐?"
"예, 스님."
"허면 머리 깎고 출가할 생각은 어찌 하게 되었는고?"
"아 예, 저 지나가던 스님이 가야산 해인사에 가서 머리 깎고 출가하여 도닦는 공부를 하면 좋을 것이라고 일러주었습니다. 그래서……"
"음…… 지나가던 스님이 그렇게 일러주었단 말이지?"
"예."
"허지만 이 녀석아, 머리 깎고 출가하는 게 쉬운 일이 아니야."
"예, 저 그건 저도 잘 알고 있사옵니다. 땔나무도 해야 하고 밥도 지어야 하고 설거지도 해야 하고 빨래도 해야 하고……."
스님은 어린 소년이 주워섬기는 말을 듣고 있다가 엄한 표정으로 입을 열었다.
"호오! 그러고 보니 이 녀석 너, 풀무간에서 풀무질을 하다 왔다는 소리는 거짓말이 분명하구나."
"아, 아닙니다요, 스님. 정말로 풀무간에서 풀무질을 하다 왔습니다요. 아, 가서 물어보십시요! 놋쇠 그릇 만드는 풀무간인데요 주인 어른 함자가 김자 천자 택자, 틀림없습니다요."
"그렇다면 풀무간에 있던 네가 땔나무하고 밥하고 설거지하고 빨래하는 일을 어찌 그리 소상히 알고 있단 말이던고?"
"그, 그, 그, 그건 말씀입니다요, 스님. 아, 그 지나가던 스님께서 자세히 일러주셨습니다요. 그런 허드렛일을 열심히 잘해야 나중에 머리를 깎아주는 거라구요."
스님은 종술의 하는 양을 지켜보다가 빙그레 웃음을 머금었다. 어쨌든 저 전라도 곡성땅에서 예까지 찾아온 정성이 놀라웠고, 또 이 종술이란 아이도 잘만 가다듬으면 훌륭하게 성장할 재목감으로 보였던 것이다.
"음…… 그러면 그런 힘든 허드렛일을 마다하지 아니하고 부지런히 해낼 자신이 있느냐?"
"예, 스님. 무슨 일이든지 분부만 내려주시면 꾀부리지 않고 부지런히 해내겠습니다, 스님."
"그럼, 어디 한번 이 절에 있어보아라."
"고, 고맙습니다, 스님. 고맙습니다."

그렇게 해서 종술은 해인사에서 행자 노릇을 시작하게 되었다. 그때 종술을 받아준 스님은 인공스님이었다. 그 인공스님이 종술에

게는 득도사가 되는 셈이었다.
 종술은 김봉령이라는 아이하고 다른 한 아이하고 그렇게 셋이서 인공스님 시봉을 들게 되었다. 누구나 절에 처음 들어오면 맨 처음에는 초발심 자경문을 배우고 그 다음에는 치문을 배우게 되는 것인데, 종술은 그 전에 곡성 관음사에 있을 적에 이미 다 배운 것이라 척 한번 보고는 그냥 줄줄줄줄 외웠다.
 그랬더니 주변에서는 저 아이가 덧깎이가 아닌가 하고 여기저기서 쑥덕쑥덕하는 것이었다. 저 녀석이 어디서 중 노릇 하다 온 것이 분명하다는 것이었다. 아차 싶었지만 끝까지 우기는 수밖에 없었다. 종술은 펄쩍 뛰며 잡아떼었다. 그 전에 절밥 먹고 산 일이 없다고 말이다. 하마터면 쫓겨날 뻔한 일이었다.
 덧깎이라는 의심이 풀리고부터는 모두들 종술이를 '재동'이라 하였다. 학교라고는 문턱도 안 가본 종술이가 척하면 삼천리, 어떤 글이든 한번만 봤다 하면 일사천리로 외워버렸으니 재동소리를 들을 만도 하였다.
 다음해 음력 사월 초파일이었다. 인공스님은 그날 종술을 불러 머리를 깎아주시고, 승복을 한 벌 내어 주시면서 조용히 일렀다.
 "종술 행자야."
 "예, 스님."
 "넌 이제 부처님 제자가 되었으니 법명을 영신이라 할 것이니라."

"예, 스님"

"오늘 설한 사미십계를 결코 어기는 일이 없어야 할 것이요, 잠시도 쉬는 일 없이 부지런히 공부해야 할 것이다."

"예, 스님. 명심하여 부지런히 공부하겠사옵니다."

정종술이라는 속가 이름을 버리고 길 영(永)자 믿을 신(信)자 영신이라는 법명을 받아 사미승이 되었으니 득도사는 인공스님이요, 계사는 응해스님이었다.

영신이 사미십계를 받고 노스님 시봉을 들기 시작한 지 일 년쯤 되어서였다. 뻐꾸기가 한창 울던 어느 날, 하루는 해인사 절간 마당에 웬 신여성이 들어섰다.

머리는 서양여자 모양으로 옆가리마를 타고, 서양여자들이 신는 뾰족구두를 신고, 눈처럼 하얀 짧은 치마에다가 양장을 한 신여성이었다. 얼마나 눈이 확 뜨이게 아름다운 미인이었는지 모두가 넋을 잃을 지경이었다. 신여성이라고는 처음 본 영신 수좌 눈에는 마치 하늘에서 내려온 선녀처럼 보였다.

나중에 알고 보니 대구에서 학교를 다닌다는 신여성이었는데 이름이 서도간이라 하였다. 합천 해인사에 휴양을 하러 왔는데 산 밑에 있는 홍도여관에 방을 얻어놓고 절구경을 왔던 모양이었다. 이 신여성이 어떻게나 미인으로 보였든지 한 사미승이 홀딱 반해서

짝사랑을 하게 되었다.

영신이와 같이 시봉을 들던 김봉령이라는 사미승이었는데 마음도 착하고 얌전하며 글도 아주 썩 잘하던 도반이었다. 영신보다 두어 살 위로 속가에서 공부를 하다 출가한 사람이라 영신과 항상 우등을 다투던 친구였다.

이 봉령 사미가 서도간이라는 신여성에게 절간을 안내해주고 다니더니 그만 홀딱 반하게 되었다. 스무 살 전에 모두들 장가를 가던 때라 스무 살이 넘으면 노총각이라는 놀림을 당했으니, 봉령 사미는 한창 이성에 대한 호기심이 강한 시절에 당시로서는 드문 신여성을 만나 사랑에 빠지게 된 것이다.

그러던 중 하루는 이 봉령 사미가 초저녁부터 주인없는 여자방에 들어가서 이불을 뒤집어쓰고 누워 있었다. 얼마 후에 여자가 들어왔다가 기절초풍을 하게 됨으로써 큰소동이 일어난 것이다.

그 일이 있은 뒤 그 여자는 해인사를 총총히 떠나고 말았다. 그런데 봉령 사미는 그날부터 시름시름 앓기 시작하더니 나중에는 정신마저 이상해져 버렸다. 실없이 저 혼자 히죽히죽 웃다가는 돌연 '서도간, 서도간, 서도간' 하며 떠나버린 서도간을 불러대고 천지사방을 뛰어다니면서 천방지축 날뛰는 것이었다. 상사병이 들어서 그만 미치고 만 것이었다.

먹지도 않고, 잠도 자지 않고, 저 혼자 웃다가 울다가 하면서 서도간을 불러대니 나중에는 스님들도 어쩔 수가 없었다. 대구까지 서도간을 찾아가서 '그저 사람 하나 살리는 셈치고 한번만 만나주시요' 하고 통사정을 하였던 것이다. 그렇게 해서 서도간이라는 여자가 다시 해인사까지 오게 되었다.

그런데 봉령 사미는 제 앞에다 서도간을 데려다 주어도 통 알아보지를 못하는 것이었다. 서도간, 서도간, 서도간, 서도간 하면서 노래만 불러대니 세상에 이런 딱한 노릇이 없었다. 그 서도간이라는 여자는 할수없이 눈물을 흘리면서 대구로 다시 돌아가고 말았다.

이 봉령 사미가 어떻게나 날뛰고 절살림을 닥치는 대로 때려부수는지 나중에는 할수없이 방안에다 가둬놓을 수밖에 없었다. 그가 초점없는 눈으로 펄쩍펄쩍 뛸 적에는 천하에 항우장사라도 당할 재간이 없었다. 서너 명이 한꺼번에 덤벼들어 붙잡으려고 해도 어림없었다.

그러던 어느 날이었다. 동트기 전에 일어난 영신이 방을 말끔히 치우고 단정히 앉아 글을 읽고 있는데 문 밖에서 인공스님의 나직한 목소리가 들렸다.

"얘, 영신아."

평소와 다름없는 목소리였는데 영신은 어쩐지 불안한 생각이 들어 사뭇 목소리가 떨려나왔다.

"예, 스님."

영신은 읽던 책을 덮고 밖으로 나갔다. 인공스님이 캄캄한 하늘을 뒤로 하고 서 있었다.

"부르셨습니까, 스님?"

스님은 고적한 눈매로 한동안 영신을 바라보더니 조용히 입을 열었다.

"그래 …… 봉령 사미가, 기어이 가고 말았구나."

"예? 봉령이가 죽었단 말씀입니까?"

다리가 후들거렸다. 아니 자신의 다리로 버티고 선 이 땅덩어리 전체가 흔들거리는 듯하였다. 바로 엊그제까지만 해도 함께 웃고 함께 떠들고 함께 낭랑하게 글을 읽던 봉령 사미가 갑자기 죽어버렸다니, 그것은 정말 큰 충격이었다.

그날 노스님 뒤를 따라 올라간 곳은 가야산 깊은 골짜기였다. 뻐꾸기가 울었다. 허더기평전을 거쳐서 말쟁이로 올라가는 골짜기에다 나무를 꺾어다 놓고 불을 질러 다비를 하는데, 영신의 어린 마음에도 사람 산다는 게 어찌나 허망하고 무상하든지 기가 막혔다. 평소에 흔히 듣던 뻐꾸기 소리도 울음을 자아내도록 구슬프게 들렸다.

어린것이 불쌍하게 죽었다고 응해스님께서 친히 초제를 지내주셨다. 이때 노스님이 읊으시던 게송은 영신의 뇌리에 박혀 오래오래 잊혀지지 않았다.

　참선법 만나기는 백천만 겁 어려운 것
　도를 닦으려면 젊었을 때 부지런히 닦아라
　사람 몸뚱이 한번 잃으면 다시 받기 어려우니라

　"봉령아, 봉령아, 봉령아, 흐흐흑……!"
　영신은 흐르는 눈물을 주체할 길 없어 정신없이 울었다. 어디서 그 많은 눈물이 나오는지 몰랐다. 어머니, 아버지 돌아가실 때도 이렇게까지 사무치게 울지는 않았을 것이다. 아니! 부모님의 죽음, 종숙이의 죽음, 불쌍한 종석이……. 세상에 태어나서 거쳐온 모든 슬픈 인연에 한처럼 맺힌 눈물을 영신은 봉령 사미의 죽음을 통해 한꺼번에 풀어보려는 것인지도 몰랐다.
　'아아! 나서 죽는 것이 무엇인가? 이렇게 속절없이 죽는 것이 인생인가?'
　눈물 속에 모든 삶의 의문과, 눈물 속에 모든 죽음의 의미를 건져올리려는 듯 그렇게 어깨를 떨며 영신은 울었다.
　생야일편 부운기요, 사야일편 부운멸이라 했던가. 이 목숨이 태어남은 한조각 뜬구름 생겨난 것과 같고, 이 목숨 스러짐은 한 조각 뜬구름 사라짐과 같으니 인생 일장춘몽이요, 풀잎 위에 맺힌 한

방울 이슬이로구나.
　이 초로와 같은 인생살이, 무엇을 탐하고 무엇을 원망하였던가. 계모와 당숙의 얼굴이 떠올랐다. 이모와 고모의 얼굴도 떠올랐다. 모두가 가엾은 얼굴들이었다.
　돌이켜보면 아버지, 어머니의 무덤 앞에 엎드려 성공하지 않으면 돌아오지 않겠다고 했던 종술의 약속도 우습기 짝이 없는 것이 아닌가. 땡중이라고 도망쳐 나오기는 했으나 관음사 장편월 스님은 종술의 은인이었다. 따지고 보면 돈 벌어 성공하겠다는 욕심의 덧없음을 처음으로 가르쳐준 가장 기가 막힌 인연중의 인연이었다.
　그러나 아, 무엇인가. 삶과 죽음의 이 비밀은!

　얼마나 지났을까.
　"영신아."
　어깨 위로 따뜻한 은사스님의 체온이 전해져왔다.
　"그만 그쳐라."
　스님의 목소리는 영신의 황폐한 영혼을 어루만지듯 꿈결처럼 들려왔다. 영신은 조용히 눈을 들었다. 젖은 눈에 가득 비친 산하가 뿌옇게 흔들렸다.
　"스님……."
　"왜 그러느냐?"

"어찌하여 사람은 죽는 것이옵니까?"
스님은 한동안 영신을 바라보더니 문득 한마디를 던졌다.
"생불생 사불사(生不生 死不死)니라."
"생불생 사불사!"
그러나 스님의 말씀은 잡힐 듯 잡힐 듯하면서 잡히지 않는 안개와 같은 것이었다. 영신은 안타까웠다.
"생불생 사불사라니, 무슨 말씀이시온지요."
곧바로 질문이 되돌아왔다.
"반야심경을 보았으렷다?"
"예, 스님. 늘 봉독하고 있사옵니다."
"거기 반야심경에 불생불멸이라고 이르셨느니라."
"불생불멸이라 하옵시면……."
"생겨나지도 아니하고, 없어지지도 아니한다고 하셨느니라."
생겨나지도 아니하고 없어지지도 아니한다. 그러면 지금 슬퍼하고 있는 나, 영신이란 존재는 무엇이고 한순간 까마득히 내게서 멀어져버린 봉령이는 무엇인가. 어머니, 아버지, 종숙이의 얼굴도 떠올랐다. 영신은 머릿속에 잔뜩 끼어 있는 먼지를 털어버리기라도 하는 것처럼 고개를 좌우로 흔들었다. 모든것이 갑자기 혼란스러워졌다.
"스님, 이 영신이는 도무지 그 도리를 알 수가 없습니다. 어떻게

하면 그 도리를 알 수가 있는 것입니까?"

"참선수행을 해서 너 스스로 너를 보게 되면 그때 그 도리를 알게 될 것이니라."

"참선수행!"

영신은 눈이 번쩍 띄는 듯했다.

'그래. 내가 나를 찾을 수 있는 길은 바로 내 육신을 던진 구도의 길밖에 없을 것이다.'

영신의 눈은 새로운 희망으로 활활 타올랐다. 영신은 스님 앞에 무릎을 꿇었다.

"그러면 스님! 이 영신이에게 참선수행을 허락해 주십시오."

그러나 스님은 안타까운 듯 고개를 가로 저었다.

"넌 아직 어리니 때를 더 기다려야 할 것이니라."

"아닙니다, 스님. 제발 참선수행을 하도록 허락해 주십시오."

노스님의 눈빛에 단호한 기운이 서렸다.

"안돼! 넌 아직 나이가 어리다."

스님은 무릎을 꿇고 애걸하는 영신을 내버려둔 채 골짜기를 내려갔다. 그러나 도반의 죽음으로 충격을 받은 영신은 한번 먹은 마음을 좀처럼 억누르기 어려웠다. 하루속히 선방에 들어가 생사없는 도닦음이 소원이었다. 자나깨나 온통 그 생각뿐이었다. 경책도 눈에 들어오지 않았다. 그러나 노스님의 반대는 완강하였다. 나이가 어리다는 게 그 이유였으나 영신은 납득할 수가 없었다. 참선수행에 노소가 따로 있단 말인가.

영신은 매일처럼 노스님 방문 앞에 엎드려 허락이 내리시기를 기다렸다. 비가 오건 바람이 불건 영신은 처음에 앉은 그 자리에서 떠날 줄을 몰랐다. 질긴 고집이었다. 영신을 거들떠보지도 않으시던 스님에게서 드디어 불호령이 떨어졌다.

"너 이 녀석 영신아! 안된다면 안되는 줄 알고 네가 해야 할 공부나 할 것이지, 어쩌자고 이렇게 내 앞에만 앉아 있느냐?"

"하오면 스님, 이 영신이는 대체 언제쯤이면 선방에 들어갈 수 있는 것입니까요?"

"아, 이 녀석아. 이제 겨우 삐약삐약 하는 병아리가 벌써부터 날아가려고 덤비면 그게 될 성이나 싶은 일이겠느냐?"

"하오면······."

"넌 아직 사미니 사미과를 배워 마치고 치문을 제대로 공부한 뒤 서장을 읽거나 화엄경을 배워야 하느니라. 선방에는 그 다음에 들어가도 늦지 않을 것이다."

사미과, 치문, 화엄경······ 그런 것들이 다 무엇인가. 지금 심정 같아서는 아무것도 믿을 수가 없었다. 글을 아무리 배워도 그저 무상한 마음뿐, 생각은 온통 선방에 가 있었다. 도대체 선방에 들어가는 데 무슨 거쳐야 할 관문이 그리도 많단 말인가. 나이가 스물

이 되어 비구계를 받고 나서야 선방에 들어갈 수 있다니. 갑갑하기 그지 없었다.

그러나 노스님이 저리 나오시는데 어찌 감히 대항을 할 수 있겠는가. 영신은 저도 모르는 새 한숨을 내쉬고서 다시 입을 열었다.

"저, 스님."

"또 무엇을 더 알고 싶단 말이냐."

"제가 사미과, 치문, 서장…… 이런 공부를 빨리 다 배워마치면 그땐 선방에 들어가도록 허락해주시는 거지요, 스님?"

노스님은 딱하다는 듯한 눈길로 영신을 한참 바라보았다. 젊으나 젊은 나이에 저 파란을 겪어냈으니 영신의 몸부림을 이해하지 못할 바는 아니었다. 그러나 모든 건 다 때가 있다는 것이 스님의 생각이었다.

"영신아."

"예, 스님"

"마음이 아무리 급해도 바늘 허리에 실을 매어가지고는 쓰지 못하느니라."

"이 영신이도 그것은 잘 알고 있사옵니다."

"그럼, 그걸 잘 알고 있다는 녀석이 어찌 이리 덤비고 보챈단 말이던고?"

"저하고 함께 공부했던 봉령 사미가 허망하게 죽은 것만 보아도 이 사람 몸뚱이는 언제 죽을지 모르는 것이 아닙니까요?"

"음…… 언제 죽을지 모른다?"

"예, 오늘 죽을지 내일 죽을지 모르는 이 몸뚱이를 믿고 도닦는 것을 미룬다는 것은 어리석은 일이 아니고 또 무엇이겠습니까요?"

스님은 번민과 열정에 싸인 젊은 영신을 보며 빙그레 미소를 지었다.

"허허, 이 녀석 영신아."

"예, 스님."

"갓난아이에게 밥을 먹이면 어찌 되겠는고?"

"…… ."

"갓난아이에게 고추장을 먹이면 어찌 되겠는고? 밥 먹을 때가 되면 밥을 먹일 것이요, 고추장 먹일 때가 되면 고추장을 먹일 것이니 넌 나가서 사미 공부나 열심히 하도록 해라."

8
개에게도 불성이 있습니까?

도리가 없었다. 은사스님이 선방에 못가게 하시니 어쩔 수가 없는 노릇이었다.

할 수만 있다면 도망이라도 쳐서 선방에 찾아가고도 싶었다. 그러나 영신이 해인사에서 사미승 노릇을 하던 그 당시만 해도 해인사에서 동구까지 나오는 길은 캄캄절벽이었다.

낮에 보면 해인사 홍류동 계곡이 빼어난 절경이지만 밤에 해인사에서 동구로 나올라치면 길도 험하고 숲이 우거져서 혼자서는 나돌아다니기 어려웠다. 게다가 해인사에서 나오다보면 중간에 이규재평담이라고 하는 깊은 못이 하나 있었는데 해만 떨어지면 그 시퍼런 못에서 귀신이 나와 지나가는 사람을 물 속에다 쳐박는다는 소문이 쫙 퍼져 있던 때였다. 그래서 밤에는 통 나돌아다니는 사람이 없었다.
 어디 그뿐인가. 그때만 해도 늑대가 나온다느니 호랑이가 나온다느니 하는 세상이었다. 그까짓 것 무서울 게 뭐냐고 선방에 나가서 풀잎이나 솔잎을 먹고 지낼 생각을 하다가도 산사에 밤이 들어 시커먼 아가리 같은 어둠속을 빠져나갈라 치면 돌연 무서움증이 이는 것이었다.
 그러니 아무리 도망질이라도 해서 선방에 가고 싶은 마음은 굴뚝 같지만, 어쩔 것인가. 나갈 재간이 없었다. 별수없이 영신은 은사스님이 시키는 대로 치문을 배우고 서장을 읽으면서 열아홉 살 먹도록 해인사에 눌러 있어야 했다.
 그러던 어느날 마침 선방에서만 사신다는 서대암 스님이 해인사에 오셨다. 그 스님이 선방에 계신다는 말을 듣자마자 영신의 가슴은 새로운 희망으로 무섭게 뛰었다. 게다가 은사스님과도 친분이 두터우시다니 이번 기회를 놓쳐서는 아니 되겠다고 영신은 마음을 굳게 먹었다.
 이튿날 밤, 스님이 한가하신 기회를 틈타 영신은 서대암 스님이 머물고 있는 방을 찾아갔다. 문틈으로 희미한 불빛이 흘러나오고 간간히 책장 넘기는 소리만 새어나올 뿐 서대암 스님의 거처는 고요하기 그지 없었다. 영신은 목을 가다듬고는 조심스럽게 스님을 불렀다.

"저 스님! 스님! 객스님 주무십니까요?"
 잠시 부스럭거리는 소리가 나더니 문이 열렸다. 서대암 스님이었다.
 "누가 나를 찾는고?"
 "영신 사미옵니다."
 서대암 스님은 달빛 아래 고개를 조아리고 서 있는 젊은 사미의 얼굴을 한참 내려다보았다. 수척한 얼굴에 눈빛만 타는 듯하고, 언동이 고요하여 처음 만났을 적부터 유심히 봐오던 사미였다. 하얀 달빛 아래 서 있는 영신은 더욱 수척해 보였다.
 "오! 영신 사미로구나. 들어오너라."
 영신은 스님의 뒤를 따라 방 안으로 들어갔다. 늦은 밤인데도 이부자리는 단정히 개어진 채로 윗목에 놓여 있었다. 서대암 스님은 아랫목에 단정히 앉아 영신의 눈을 똑바로 바라보았다. 마음속을 파헤치기라도 할 것 같은 날카로운 눈이었다.
 "그래. 영신 사미가 밤늦은 시간에 나를 다 찾아오고, 어쩐 일이드냐?"
 영신은 고개를 들어 스님의 시선을 정면에서 받았다. 서대암 스님은 군더더기와 허식을 싫어하는 분이라 구태여 에돌아 갈 필요는 없었다.
 "듣자하오니 스님께서는 선방에서만 수행을 해오셨다던데 정말이십니까?"
"그래, 그런데 왜 그러느냐?"
영신은 짧은 침묵 끝에 입을 열었다.
"예, 저도 그 선방에 좀 데려가 주십사 해서요."
"널 선방에 데려가 달라고?"
"예."
서대암 스님은 어이가 없다는 듯 큰 웃음을 한번 웃었다.
"예끼 이녀석! 아, 아직 다 크지도 않은 아이를 어떻게 선방엘 데려간단 말이냐?"
서대암 스님은 농담 반 진담 반 해가면서 호통을 치셨다. 영신은 간절한 마음을 제대로 전하기에 앞서 콧등부터 시큰해져왔다. 이 절박한 마음을 누가 알아줄 것인가.
"제 나이 이제 열아홉입니다만…… 아무리 경을 보아도 흡족치 아니하고 오직 참선수행만 하고 싶으니 대체 이 일을 어찌하면 좋겠습니까?"
서대암 스님은 영신의 눈가에 가득 고여나는 맑은 눈물을 보더니 아직 입꼬리에 남아 있던 웃음기를 거두었다.
"흐음…… 그렇게도 참선수행을 하고 싶단 말이더냐?"
"예, 스님."
스님은 앞에 앉아 있는 젊은 사미의 고뇌에 찬 얼굴을 유심히

들여다 보았다. 생사번뇌에서 놓여나지 못한 채 번민하는 저 애띤 얼굴, 저것은 영신이 아니라 바로 젊은날의 서대암, 자기 자신인지도 몰랐다. 스님은 천천히 입을 열었다.
"정 그렇다면……어디 내가 한번 노스님께 말씀을 드려보마."
스님의 선선한 허락에 영신은 기뻐 어쩔 줄 몰랐다.
"제발 꼭 좀 허락을 받으셔서 저를 선방에 데리고 가주십시요, 스님!"

서대암 스님께 부탁을 드린 지 며칠이 지났을 무렵, 노스님께서 친히 영신을 불렀다. 영신은 은사스님의 방문 앞에서 조심스럽게 기침을 했다.
"스님, 부르셨습니까? 영신입니다."
"그래, 내가 불렀다."
스님은 영신을 새삼스러운 눈길로 지그시 바라다볼 뿐 들어오라, 말라 일체 말이 없었다. 영신은 서대암 스님께 부탁드린 일이 생각나서, 그만 면구스러워져 고개를 숙인 채 말했다.
"분부내리십시요."
"영신이 너 대암스님을 찾아간 일이 있었느냐?"
"……."
영신의 고개가 더 깊숙이 숙여졌다.

"그 대암스님에게 선방에 좀 데려가 달라고 부탁을 했느냐?"
"예, 스님"
"대체 넌 어떻게 된 아이기에 벌써부터 그렇게 참선, 참선, 참선 노래를 부른단 말이더냐?"
"말씀드리기 죄송하오나 봉령 사미가 세상을 허망하게 떠난 것을 보고 어서 빨리 도를 닦아 생사의 고통에서 벗어나야겠다는 생각이 들었습니다."
"밥먹을 때가 되면 밥을 먹여줄 것이라고 내 이르지 않았더냐?"
"제 나이 아직 어린 줄은 알고 있사옵니다만 봉령 사미를 보더라도 죽고 사는 것은 나이에 달린 것이 아니오니 어서 속히 도를 닦아 생불생 사불사 불생불멸의 도리를 알고자 하옵니다."
물끄러미 영신을 지켜보던 노스님의 입에서 가벼운 한숨이 새어나왔다. 사실 스님이 그렇게까지 만류한 것은 영신의 어린 나이도 나이려니와 말 못할 사정이 있었다.
때는 치욕의 한일합방이 된 지 얼마 되지 않았을 무렵이었다. 일제의 마수는 불교계에도 뻗쳐 일본의 조동종과 합병하려는 거센 움직임이 있었는데 관의 압력이 워낙 심한지라 대개의 절들이 이 회유와 강압에 하나둘씩 넘어가고 있던 시절이었다.
이러한 일제의 움직임에 맞서기 위한 항거가 간간히 없지는 않았으나 몇몇 스님들은 일제의 권세를 등에 업고 친일행각을 서슴지

않았다. 이런 복잡한 정황에서 세상 물정 모르는 젊은 제자인 영신을 스물도 되기 전에 내돌리는 일에 대해 스님은 선뜻 내켜하지 않았던 것이다.

그러나 어찌 제자의 간구를 계속해서 모른 체 할 수 있단 말인가. 스님은 무거운 마음으로 굳게 다물었던 입을 열었다.

"내 더 이상은 너를 붙잡아 둘 수가 없구나. 대암스님을 따라 어디 한번 선방에 나가보아라."

"하오면 스님, 허락을 해주시는 것입니까요?"

"그래 네 소원대로 선방에 나가 도를 닦아 생불생 사불사 불생불멸의 도리를 깨치도록 하여라."

영신은 벌떡 일어나 눈을 크게 뜨고 감격에 찬 어조로 외쳤다.

"고맙습니다, 스님. 정말 고맙습니다."

말없이 고개를 끄덕이는 스님 앞에 영신은 거푸 큰절을 올렸다. 캄캄한 어둠의 한 구석에서 한 줄기 빛이 쏟아져 들어오는 것만 같았다. 가슴이 벅차 올랐다. 생불생 사불사 불생불멸의 도리가 금방이라도 빈손아귀에 쥐어지기라도 한 것처럼 마음이 흥분되었다. 서대암 스님을 따라 가야산을 떠나기 전날엔 너무 흥분한 나머지 아무것도 먹히지 않았고, 먹지 않아도 배고프지 않았다.

이렇게 해서 영신은 나이 열 아홉 살에 서대암 스님을 따라 가야산 해인사를 떠나게 되었다. 가야산 해인사에서 충청도 예산 덕숭산까지 천리길을 걸어야 했다. 어려서부터 걷는 데에는 이골이 난 영신이지만 이렇게 많이 걸어보기도 처음이었다. 발에 물집이 생겼다가 굳은 살이 다시 터져 가뭄 논 갈라지듯 쩍쩍 갈라지고 그 사이로 피가 배어나왔지만 앞날에 대한 기대로 흥분된 영신은 아픈지도 모르고 걸었다.

　서대암 스님의 권유에 따라 제일 처음 찾아가 뵌 분이 바로 저 유명한 만(滿)자 공(空)자 만공큰스님이었다. 만공스님은 이미 입적한 경허스님의 혜맥을 이은 도인스님으로 정평이 난, 그 당시의 우리나라 선지식으로는 제일이었던 분이었다. 영신은 법계에 그 이름이 떠르르 한 만공스님을 만난다는 기쁨으로 단숨에 정혜사를 찾아갔다.

　마침 만공스님은 정혜사에서 조금 떨어진 정업당에 계신다 하였다. 정업당에 당도할 무렵 영신은 사람의 가슴을 저미는 듯한 청아한 단소소리를 들었다. 정업당에서 흘러나오는 이 고아한 단소소리는 그 어떤 고승의 법문보다도 더 많은 것을 이야기해 주는 것 같았다. 단소소리에 이끌리듯 영신은 한 걸음 한 걸음 조심스레 걸어 들어갔다.

　달덩이같이 훤한 얼굴에 하얀 옥양목 저고리, 팔베조끼에 하얀 외씨버선을 신은 한 스님이 단소를 든 채 앉아 있었다. 세상을 달관한 듯한 눈매가 마치 선계에서 마악 내려온 신선처럼 보였다. 그

러나 누더기를 걸치고 속세에 초연한 눈매로 고행하는 구도자의 모습을 연상하였던 영신에게 만공스님의 이런 모습은 의외였다.

'저런 옷은 사대부집 권세가들에게나 어울리는 옷이 아닐까……'

영신은 설핏 이런 생각을 하다가 머리를 흔들었다. 겉모양만을 보고 함부로 도인스님을 비방할 수 있겠는가.

어느새 단소소리는 그쳐 있었다. 영신은 스님 앞으로 다가갔다.

"그래, 거기서 인사하는 게 대체 누구더냐?"

"해인사에서 온 영신 사미가 큰스님께 문안올리옵니다."

"해인사…… 해인사에서 왔다고 그랬더냐?"

"예, 그렇습니다, 스님."

"음. 그래, 무슨 일로 이 먼 길을 찾아왔더란 말인고?"

"큰스님 문하에서 한철 공부하고 싶어서 찾아뵈었습니다."

"공부를 하고 싶어서 왔다고?"

"예."

"출가한 지는 몇 해나 됐는고?"

"올해로 삼 년째가 되었습니다."

"삼 년째라……."

만공스님은 말끄러미 영신을 바라보다가 의미있는 표정으로 고개를 끄덕였다. 그러더니 문득 입을 열어 화두를 하나 내주었다.

"어느 날 제자가 조주스님께 여쭈었느니라. 개에게도 불성이 있습니까? 이에 조주스님께서 '무'라고 대답하셨다."
 "예."
 "내 너에게 없을 무(無)자 하나를 화두로 내려줄 것이니 무자를 화두로 삼아 공부를 하도록 해라."
 참선수행을 할 때 풀어야 할 문제, 참구해야 할 제목을 불가에서는 화두라고도 하고 공안이라고 부르기도 한다. 수많은 참선수행자들은 없을 무자 하나를 화두로 삼기도 하고 '이 무엇인고?'를 화두로 삼기도 하고 뜰앞의 잣나무를 화두로 삼기도 한다. 이렇듯 참선수행자들이 화두로 삼는 제목은 지극히 다양하여 무려 일천칠백여가지나 된다.
 영신 수좌가 만공스님으로부터 받은 화두는 없을 무자.
 참선수행자들이 가장 많이 화두로 삼는 것 중의 하나가 바로 이 없을 무자다.
 그러나 영신은 당황스러웠다. 막막하였다. 만공스님으로부터 화두를 탄 일이야 더없는 영광이었지만, 영신에게는 당장 풀어야 할 절박한 문제가 있었던 것이다. 없을 무자, 그 하나에 인간의 전존재와 우주와 삼라만상이 들어 있다 하지만 영신에게 이 없을 무자 화두만큼 막막한 것은 없었다.
 망망한 대해에서 가랑잎 하나 움켜쥔 자의 심정이 바로 이러한

것일까.

　대답없이 침묵을 지키고 선 영신의 복잡한 마음을 눈치채기라도 한 듯이 만공스님이 말했다.

　"이거 저거 미리 알려고 하지 마라. 다만 네가 참구해야 할 것은 어찌하여 무라고 하였는고? 오직 그것만을 참구해야 하느니라. 왜 '무'라고 하셨느냐, 어찌하여 '무'라고 하셨느냐, 없을 무자 하나를 화두로 들고 오직 그 의심을 지어가야 하느니라."

　다만 그뿐이었다. 어쩔 수 없는 일이었다. 모든 화두는 통한다 하질 않던가. 사실 그토록 원하던 참선수행을 하게 된 것만으로도 감개무량한 터에 이거 저거 가릴 처지가 아니었다. 참선법이라는 것도 따지고 보면 결국 스스로 터득해야 할 일이었다. 영신은 만공스님에게 큰절을 올리며 말했다.

　"예, 스님, 명심하겠습니다."

　정업당 안에는 만공스님이 거처하시는 방이 따로 나 있고, 어린 아이 몇몇이 좌우에서 시봉을 들었다. 육각으로 지어놓은 금선대에서 문을 열면 밖으로 빙 둘러 난간이 있었는데, 온갖 기화요초를 심어놓은 화분이 수도 없이 놓여져 있었다. 철따라 매화며 난이며 온갖 꽃들이 피어나니 바람이 불면 꽃가지에서 흘러나온 향내가 온 법당에 진동하였다.

　만공스님이 워낙 큰 도인이시니 찾아오는 이들도 많고 시봉을 드는 아이들 사이에도 묘한 경쟁이 있어서, 참선하러 간 수좌들은 갖가지 소문에 잠시도 조용할 틈이 없었다. 그러니 영신의 공부에 큰 진전이 있을 리가 만무했다. 결국 영신은 한철도 다 보내지 못하고 대전 수좌를 따라 덕숭산을 내려가게 되었다. 잠시 선방의 법도를 익힌 것만으로 만족해야 했다.

9
선방에 앉으니
꽃 같은 색시 얼굴만 아른아른

영신이 덕숭산을 나와 배짱도 좋게 찾아간 곳은 서울의 대각사였다. 그곳엔 백용성 스님이라는 유명한 선지식이 계셨다. 백용성 스님은 기미년 삼월 초하룻날 조선독립만세를 불렀던 민족대표 33인 중 한 분으로 한용운 스님과 함께 불교 대표로 참여했었다. 백용성 스님은 서대문 감옥에서 옥살이까지 하신 분이라 하였다.

일제에 굴복해버린 이 나라에서 이리저리 쏠리지 않고 정통적인 구도의 길을 걸어가려는 수좌로서 백용성 스님 문하에서 한철 지내는 것도 좋을 것이라고 영신은 마음먹었다. 덕숭산 정혜사에서 몇몇 수좌로부터 친일승에 관한 이런 저런 소문을 들어오기도한 터였다. 그래 무작정 서울로 올라가 번화한 서울 거리를 헤매며 묻고 또 물어서 서울 한복판 종로 봉익동에 있는 대각사를 찾아갔다.

그런데 이건 또 웬일인가. 그 훌륭하다는 백용성 스님이 상고머리에 하이칼라를 하고 마치 만석지기 부잣집 영감님처럼 비단옷을 입고 앉아 있는 것이었다. 알고 보니 용성스님은 북청에다 광산을 차려놓았는데 중이라고 하면 광부들이 업신여기니 서울 큰 부자처럼 행세하려고 울며 겨자먹기로 상고머리를 하였다 한다. 광산도 사사로 하는 것이 아니라 선방을 세워 수좌를 가르칠 계획을 이루기 위하여 하는 것이었다.

그러나 앞뒤 내막도 모르고 처음 그 모습을 본 영신은 비방심부터 들었다. 무슨 도인스님이라는 사람이 광산을 하고 하이칼라를 하는가 말이다. 큰스님의 도인됨을 믿지 못하니 법문이 제대로 들어올 것인가. 화두인들 제대로 잡힐 것인가. 이렇게 마음을 삐딱하게 먹어노니 억지로 앉아 법문을 들으려 해도 당최 까마귀소리보다 더 듣기 싫었다. 밥만 먹으면 대문밖에 보이는 것이 없고 빠져나갈 생각만 마음에 가득했다.

밥만 먹고 나면 대문을 밀치고 풍 나와버려야 속이 시원하였다. 그리고는 남산으로 해서 진고개로 해서 신발이 닳도록 서울 거리를 쏘다녔다.

종로 거리에는 웬 사람이 그렇게 많은지 어리둥절할 지경이었다. 집 위에 집이 있고 또 그 집 위에 집이 있고 이층집 삼층집이

수도 없이 서 있었다. 또한 상점의 진열대에는 알록달록 형형색색의 물건들이 즐비하게 놓여 있어 황홀하기 짝이 없었다. 몇년 전 어린 마음에 가죽지갑을 훔쳐보다 쫓겨난 마이상의 상점은 아무것도 아니었다. 영신은 하루종일 쏘다니며 구경하는 재미에 때를 걸러도 배고픈 줄을 몰랐다. 전차구경도 하였고 예쁜 색시를 데려다 앉혀 놓은 유곽구경도 하였다.

그러다 해가 저물어 어둑어둑해지면 돌아와 선방에 들어앉으니 화두가 잡힐 리 없었다. 없을 무자 화두를 들고 앉아 있으면 없을 무자 화두가 잡히는 게 아니라, 그 꽃같이 어여쁘던 색시들 얼굴만 눈에 아른아른 하였다. 툭하면 입선시간 방선시간을 어기기 일쑤요, 눈요기하는 재미에 팔려 대중규칙은 안중에도 없으니 수좌들 사이에 소문이 퍼져 손가락질까지 받게 되었다.

이 소문이 해인사 은사스님한테까지 알려지게 되었다. 참선수행을 해서 견성성불을 하겠다고 단단히 약조를 하고 떠난 제자가 하라는 참선수행은 아니 하고 서울구경만 하면서 싸돌아 다녔으니 이건 정말 보통 일이 아니었다. 은사스님은 노기등등해 가지고 영신을 잡으러 서울로 올라왔다. 은사스님이 오셨다는 말에 영신은 간이 오그라드는 듯했다. 무어라고 변명할 말도 없고 해서 고개를 푹 수그리고 스님이 기다리시는 방에 들어가 절부터 올렸다. 노여움으로 하늘을 찌를 듯한 호통소리가 벼락같이 날아왔다.

"너 이놈 영신아!"
"……."
인공스님의 무서운 눈초리에 영신은 와들와들 떨려오는 몸을 다잡느라 이를 악물었다. 지은 죄가 있으니 변변하게 늘어놓을 말도 없었다.
"너 이놈 나한테 애당초 무엇이라고 약조를 하고 해인사를 떠났던고!"
"잘못되었습니다, 스님."
"선방에는 청규(淸規)가 있고 대중규칙이 있는 법. 선방에 나온 녀석이 대중규칙을 어기고 절 밖으로 나가 싸돌아 다녔으니 이게 대체 무슨 짓이더냐?"
"잘못되었습니다, 스님. 용서해 주십시오."
"너 하나가 입선시간을 어기고 방선시간을 어기고 선방규칙을 어김으로 해서 다른 수좌들까지 공부에 방해가 되었으니 대체 이 큰 죄를 어찌 감당하겠느냐?"
"참회드리오니 용서해 주십시오, 스님."
은사스님은 풀기가 없어진 제자의 얼굴을 보고 있자니 안스런 마음이 들었다. 젊으나 젊은 게 돌봐주는 이도 없이 대처에 나와 온갖 희한한 꼴을 보게 되니 호기심 많은 나이에 그만 혹할 수밖에 없었을 것이다. 그러나 안쓰럽다고 하여 한번 두번 봐주다 보면 수

행자의 도리를 영영 잃어버릴 터, 이 기회에 단단히 단도리를 해야 할 것이었다.

"내 용성스님 뵙기도 면목이 없으려니와 다른 수좌들한테도 부끄러워서 고개를 들지 못하게 되었다."

"잘못했습니다, 스님. 한번만 용서해 주십시요."

"세상에 어디가서 죄를 짓지 못해 이런 청정대중 속에 와서 그런 대죄를 지었더란 말이냐 그래?"

"다시는, 다시는 그런 일이 없을 것이오니 이번만 용서해 주십시요."

"여러 말 할것없다! 어서 걸망을 챙겨가지고 나오너라."

"예? 아니 걸망을 챙겨가지고 나오라구요, 스님?"

창피도 이런 창피가 없었다. 대각사에서 한철도 못 채우고 은사스님에게 끌려내려가게 되면 다른 수좌들을 어떻게 눈을 들고 바라보겠는가. 그러나 머리끝까지 화가 난 스님의 말씀을 거스를 수는 없었다. 영신이 우물쭈물하는 사이 또 한번 스님의 호통이 벼락처럼 정수리를 내리쳤다.

"더 이상 너 혼자 놔둘 수 없으니 지금 당장 너를 데리고 내려가야겠다. 냉큼 가서 걸망을 챙겨오지 못하겠느냐!"

영신 수좌는 별수없이 걸망을 챙겨 짊어지고 은사스님이 가자는 대로 따라 내려왔다.

은사스님을 따라 내려간 곳은 경상도 성주 땅 첩첩산중 청암사였다.
　스님께서는 청암사에 가더니만 영신을 사정없이 휘어잡았다. 그동안 대중 속에서 규칙도 지키지 아니하고 밤낮 풍경에 취해 청루나 구경하고 활동사진이나 보고 다녔으니 제자의 휘늘어진 정신상태를 근본부터 바로 세우겠다는 것이었다.
　"너 이놈 영신아."
　"예, 스님."
　"너는 오늘부터 저기 저 극락전에 들어앉아서 이 경을 읽어야 할 것이니라."
　"이 경책이 무슨 경인데요, 스님?"
　"법화경이니라. 수좌가 되서 참선수행을 제대로 하려면 먼저 이 법화경을 배워서 신심을 단단히 굳혀야 하는 법이다."
　"하오나 스님 저는 경을 읽는 것보다는 참선수행을 하고 싶사옵니다요, 스님."
　"너 이놈! 기지도 못하는 녀석이 날려고만 든단 말이냐. 너 이놈 영신아."
　"예, 스님."
　"농사를 지으려면 무엇을 어찌해야 하는고?"
　"예. 저 그것은 땅에 씨앗을 뿌려야 합니다."

"그러면 맨땅에 씨앗을 뿌려야 하느냐 아니면 쟁기질을 해서 땅을 고른 뒤에 씨앗을 뿌려야 하느냐?"

"쟁기질을 해서 땅을 고른 뒤에 씨앗을 뿌려야 합니다."

"넌 그동안 쟁기질도 하기 전에 씨앗만 뿌리려고 덤볐느니라."

"무슨 말씀이신지……?"

은사스님은 의아해 하는 영신에게 엄한 표정으로 말을 이으셨다.

"일찍이 부처님께서도 이를 엄히 경계하셨느니라. 일층을 짓지 아니하고 이층집을 지으려는 사람, 이층을 짓지 아니하고 삼층집을 지으려는 사람, 하늘 천 따 지도 배우기 전에 사서삼경을 배우려 들고 신심을 갖추기도 전에 견성성불부터 하려고 들면 이는 벼방아를 찧기도 전에 벼째 삶아서 밥을 지으려는 것과 같은 어리석은 짓이니라."

"예, 스님."

"법화경을 서품부터 제대로 읽고 배워서 신심부터 굳건히 갖추어야 할 것이다."

"예, 스님 분부하신 대로 열심히 배워 마치겠습니다."

영신은 은사스님이 분부하신 대로 법화경을 배우게 되었다.

나중에 생각하면 그때 노스님께서 영신을 잡아다가 첩첩산중 청암사에 들여앉혔으니 망정이지 대각사에서 허송세월을 해가면서 세속에서 못된 구경만 하고 다녔으면 그때 자신이 무엇이 되었을지 알 수 없는 노릇이었다. 노스님은 참으로 육친, 부모님보다도 더 큰 은혜를 내린 것이었다. 만일 그때 노스님이 영신을 잡으러 오지 않았더라면 뒷날의 전강스님은 없었을 터였다.

그러나 스무 살도 안된 영신은 은사스님의 지엄한 분부를 어기지 못해 법화경을 읽기 시작했으나 스님의 큰 뜻을 헤아리지는 못하였다. 다만 조금이라도 게으름을 보일 때마다 번개같이 날아와 뒤통수에 딱하고 내려치는 그 죽비가 두려울 뿐이었다.

—— 그때 세존께서 삼매로부터 일어나시어 사리불에게 말씀하시었다. 모든 부처님의 지혜는 매우 깊고 한량이 없으며 그 지혜의 문은 이해하기도 어렵고 또한 들어가기도 어려워서 모든 성문(聲聞)들이 능히 알 수 없느니라. 왜냐하면 부처님은 일찍부터 백천만억 무수한 부처님을 친근하게 모시면서 모든 부처님의 한량없는 법을 모두 수행하고 용맹하게 정진하였으므로 명성이 널리 퍼졌으며 미증유한 깊은 법을 성취하고서 마땅한 대로 말씀하신 것이므로 그 뜻을 알기가 어려우니라. 사리불이여, 내가 성불한 후로 갖가지 인연과 갖가지 비유로써 여러 가지 교법을 많이 말하여 수없는 방편으로 중생들을 인도하여 집착을 여의게 하였으니 무슨 까닭이겠느냐? 여래가 방편바라밀다와 지견바라밀다를 모두 다 구족한 까닭

이니라.

　영신이 처음에 법화경을 읽을 적에는 그렇게 낭랑하게 소리를 내서 읽었다. 목소리도 미성이어서 칭찬하지 않는 사람이 없었다. 그러다 이틀이 지나고 사흘이 지나고부터는 소리도 내지 않고 책장도 넘기지 않고 나무토막처럼 앉아가지고 무자 화두를 들고 있었다. 한두 시간도 아니고 몇 시간을 가만히 있으니 은사스님은 수상쩍은 생각이 들었다.
　"이것 보아라, 영신아."
　"……."
　"아, 이것 보아라, 영신아!"
　그러나 영신은 조는지 자는지 영 대답이 없었다. 스님은 죽비를 사정없이 내리쳤다.
　"앗! 아, 예?"
　"너 이 녀석! 부지런히 법화경을 읽으랬더니 읽으라는 법화경은 안 읽고 무얼 하느냐?"
　"아, 예. 저 읽고 있었습니다, 스님."
　"아니 이 녀석아, 책장을 넘기지도 아니하고 법화경을 읽었단 말이냐?"
　영신은 무안하여 뒤통수를 긁고 있다가 하는 수 없이 실토하고 말았다.
 "사, 사실은 무자 화두가 하도 잘 잡히기에 화두를 들고 있었습니다, 스님."
 "화두를 들고 있었다구?"
 "예, 스님."
 "허허…… 이 녀석! 넌 아직 참선하기에는 어리다고 말하지 않았더냐?"
 "하오나 스님, 목이 마를 적에는 어찌해야 옳겠습니까?"
 "무엇이? 목이 마를 적에는 어찌해야 옳으냐?"
 "예. 목이 마를 적에는 물을 마셔야 하느니라. 목이 마를 적에는 물을 마셔야 하느니라. 백 번을 말한들 그것이 대체 무슨 소용이 있겠습니까요? 단 한번 물을 마시는 게 옳지요. 그렇지 않습니까요, 스님?"
 은사스님은 영신의 말대꾸에 어이가 없어 허허 웃고 말았다.
 "허허허허. 이 녀석이 거 못하는 소리가 없구나."
 "하오면 제 말씀이 그르다는 말씀이옵니까, 스님?"
 "아, 아니다. 영신이 네 말이 맞는 말이니라. 목마르면 물을 마셔야 하고, 배고프면 밥을 먹어야 하고, 견성성불하려면 참선을 해야 하는 법. 그럼 어디 한번 실컷 물을 마셔보아라."
 "고맙습니다, 스님. 고맙습니다."

 어느 날 영신 수좌는 법화경을 눈앞에 놓아둔 채 무자 화두를 조용히 들고 있었다. 법화경 책은 방편품이 인생의 죄업을 짓고 벌을 받으러 무간지옥에 들어간 대목이 턱 펼쳐져 있었다. 한밤중이었다.
 어째서 '무'라고 했느냐.
 어쩐 까닭으로 없을 '무'라고 대답을 하였느냐.
 가도 가도 풀리지 않는 이 의심덩어리 하나를 들고 앉아 있었다. 화두가 잘되고 안되는 경계를 초학자가 알랴마는 모든 잡념이 없어지면서 화두만 덩그러니 몸과 마음을 점령하니 잘되는 것으로 여기고 그대로 버텼다. 그날밤을 꼬박 새우며 화두를 들고 있는데 느닷없이 영신 앞에 우두나찰 마두나찰이 들이닥쳤다. 그들은 영신을 꼼짝달싹 못하게 결박을 짓더니 사정없이 끌고 가는 것이었다.
 '아이고! 이거 왜들 이러십니까? 댁들은 대체 누구신데 나를 붙잡아 가느냐구요?'
 '나로 말할 것 같으면 염라대왕의 분부를 받들어 너를 잡으러 온 우두나찰, 저 분은 마두나찰이다. 잔소리말고 우리를 따라가자!'
 '아이고, 나찰님들. 제발 좀 살려주십시요. 저를 대체 어디로 끌고가실 작정입니까, 예?'
 '그동안 너는 닦으라는 도는 닦지 아니하고 허송세월만 보냈으니 지옥으로 끌고 갈 것이니라.'

'아이고 나찰님, 한번만 살려주십시요. 한번만 살려주세요!'
'듣기싫다! 잔소리말고 어서 따라오너라, 어서!'
'아이고!'
영신은 광포하게 소용돌이치는 어둠의 바다속으로 정신없이 끌려들어 갔다.
'아하하하! 여기가 바로 지옥이니라. 똑똑히 봐라!'
'아이고, 나찰님들 제발 좀 살려주십시요. 한번만 살려주세요, 네?'
'너 이놈! 살아서 좋은 일 아니하고, 도닦지 아니하고, 거짓말하고, 남의 것 훔치면 바로 저렇게 지옥에 끌려와서 태산 같은 저 맷돌로 갈아 없애느니라. 너 이놈! 네 차례니 어서 들어가거라!'
우두나찰 마두나찰은 영신의 애원에도 불구하고 영신의 몸뚱어리를 허깨비 들 듯 번쩍 들어 굉음을 일으키며 돌아가는 태산 같은 맷돌 속으로 휙 던져버렸다.
'사, 사, 사, 사람살려! 사람살려어!'
영신은 식은땀을 흘리며 버둥거리다 잠에서 깨어났다. 은사스님이 걱정스러운 눈길로 영신의 이마를 짚어보고 있었다. 꿈이었다. 은사스님의 자애로운 얼굴과 마주치자 콧등이 시큰하였다.
"스, 스님!"
은사스님은 부드러운 얼굴로 제자를 굽어보다가 혀를 차며 말

했다.

"원 녀석…… 무슨 험한 꿈을 꾸었기에 그리 소리를 질렀느냐?"

"예, 저 지옥에 간 꿈을 꾸었습니다요, 스님."

그런데 이상하게도 지옥에 갔다오는 꿈을 꾸고 나서도 화두는 또렷하게 살아있는 게 아닌가. 잠들기 전과 모든 것이 그대로였다. 영신은 조심스레 스님을 불렀다.

"저, 스님."

"꿈인 줄 알았으면 그만 잘 것이지 왜 또 날 부르느냐?"

"드릴 말씀이 있습니다, 스님."

"무슨 말이더냐?"

"예. 저 이 영신이는 아무래도 선방에 들어가서 참선공부를 하고 싶사오니 허락해 주십시오, 스님."

"너 이 녀석! 선방에 가서 참선공부를 해야겠다고 해서 허락을 했더니 덕숭산을 버리고 서울로 올라가서 무슨 짓을 했더냐?"

"그때는 잘못되었습니다, 스님."

"선방 규칙을 어기고 싸돌아 다니면서 못된 구경만 하고 다닌 녀석이 또 선방에 보내달라?"

"이번에는 절대로 규칙을 어기는 일은 없을 것이옵니다, 스님."

"듣기 싫다. 오늘 샌 쪽박이 내일은 안 새겠느냐?"

"하오나 스님!"

"어허! 그만 자래두 그래."
"지난날의 잘못은 열번 백번 참회하옵니다, 스님."
"그렇게 참회가 쉬운 것이 아니니라."
"참으로 잘못되었습니다, 스님. 앞으로는 다시는 그런 어리석은 잘못을 저지르지 않겠사오니 한번만 용서하시고 허락해 주십시요."
"이것 보아라, 영신아."
"예, 스님."
"덕숭산 만공스님 문하에서는 어떤 연유로 나오게 되었던고?"
"제가 철이 없어서 그랬습니다."
"그러면 서울 대각사 용성스님 문하에서는 어떤 연유로 청규를 어기고 나돌아다녔던고?"
"예. 그 역시 제가 철이 없어서 그랬습니다."
"하면 너는 이제 철이 다 들었다고 생각한단 말이더냐?"
"……."
"어째서 대답을 못 하는고?"
"아직 철이 제대로 다 들지는 못했사옵니다, 스님."
"그만 자거라. 때가 되면 닭이 울 것이요 닭이 울면 날이 밝을 것이니라."

한번 발심을 하게 된 영신은 하루 속히 선방에 들어가서 참선수

행을 하는 게 소원이었다. 그러나 노스님의 허락을 얻어내지 못했으니 답답한 노릇이었다. 낭패였다.

공부란 도를 닦을 마음이 나자마자 곧 시작해야 하는 것이다. 일단 신심이 생기고 발심을 하면 한 철에도 견성할 수 있고 두 철에도 될 수 있는 것이다. 세상에 아무리 권세있는 지위나 부귀를 가졌다 해도 죽음 앞에선 한낱 꿈이요, 풀잎 위에 이슬이었다. 인생이란 내내 이별의 연속이니 다 여의고 나 홀로 돌아가는 마지막을 생각해서라도 이룰 것은 활구참선밖에는 없는 것이다.

허공이 훤히 밝아야 달그림자가 물에 비추이지 허공에 구름이 가득 끼어버리면 무슨 소용이 있겠는가. 가슴도 허공같이 텅 비어서 일체망상이 없어야 화두가 밝게 드러나는 것이다.

영신이 선방에 가려고 그토록 애쓰는 이유가 바로 그런 것이었다. 발심을 하였는데 은사스님이 반대를 하시니 어찌겠는가. 물에 달빛 그림자가 떨어져 있듯이 낭연독존하니 아무리 바람이 불어도 달빛은 그대로 박혀 있는 법이다.

10
한 생각 일어나기 전을 보아라

　이날 저날 기회를 엿보던 영신은 어느날 밤 은사스님이 일찍 거처에 드신 틈을 타서 걸망을 챙겨가지고 도망을 쳤다. 한밤중에 절에서 빠져나오기는 빠져나왔는데 캄캄절벽에 산길이 어떻게나 멀고 험한지 어디서 산짐승소리까지 들려오는데 그만 겁이 더럭 났다.

　'아 아 아이구 저 소리 늑대소리 아녀? 이거 늑대가 분명하구나. 늑대는 사람 냄새를 잘 맡는다고 하든데 이 일을 어쩌지? 그, 그렇다고 여기까지 와가지고 다시 노스님한테 돌아갈 수도 없고…….'

　그러나 어쩌겠는가? 다시 돌아가 불벼락을 맞을 바에야 '에이! 죽기 아니면 살기다' 하는 각오로 다시 길을 재촉하는 수밖에 없었다. 용기를 내 조심스럽게 걸음을 내딛는데 이번엔 또 아주 가까운

데서 이상한 소리가 들렸다. 누군가가 이쪽으로 살며시 다가오기라도 하는 것처럼 사각사각 나뭇잎 밟는 소리가 들려왔다. 소름이 오싹 끼쳤다.
"아, 아이고 누구요? 귀신이나 짐승이면 썩 물러가고 사람이면 어서 썩 나서시요!"
아무런 대답도 없었다.
"귀신이나 짐승이면 썩 물러가고 사람이면 썩 나서란 말이요."
어쩌면 바람소리인지도 몰랐다. 그날밤 그 산을 내려오면서 얼마나 식은땀을 많이 흘렸던지 정신없이 산길을 내려오고 보니 입고 있던 옷은 말할 것도 없고 등에 짊어지고 있던 걸망까지도 다 축축할 지경이었다. 겁을 먹기는 되게 먹었던 모양이었다.
그때가 음력 사월이었다. 산을 내려오는데 근처 논에서 개구리 소리가 들려왔다. 그 소리를 들으니 안도감이 들면서 '아이고 이제는 살았구나' 하는 소리가 절로 나왔다. 긴장이 풀리자 이상하게도 졸음이 쏟아졌다. 영신은 애기쑥이 파랗게 돋아난 논두렁에 벌렁 누워서 그대로 잠이 들고 말았다.
그렇게 해서 찾아간 곳이 김천 직지사. 당시 직지사 선방에는 제산스님이라는 당대의 선지식이 조실로 계셨다. 이 제산스님 문하에서 참선수행을 하기 위해 영신은 일부러 직지사를 찾아갔던 것이다. 저녁 무렵에 직지사에 당도한 영신은 제산스님을 찾아뵙고 문

안을 올렸다.
"그래 너는 어느 절에서 온 누구란 말이던고?"
제산스님은 불쑥 나타난 젊은 수좌를 보고도 전혀 놀라지 않고 고요한 음성으로 물었다.
"예, 저는 청암사에서 공부하다 온 영신이라 합니다."
"그러면 네 스님은 누구시더란 말이더냐"
"예. 인 자 공 자 인공스님이옵니다."
"호오! 인공스님이 네 스님이시란 말이지? 그러면 그 스님 문하에서 착실히 공부할 것이지 이 직지사에는 무엇하러 왔는고?"
"예. 저는 오매불망 참선수행을 하고 싶어서 이렇게 찾아왔습니다."
"음…… 참선수행을 하고 싶어서 왔다? 그러면 인공스님이 서찰이라도 한 통 써주셨을 터인데? 어디 한번 내놓아 봐라."
"예에? 서찰이요?"
이건 전혀 예상치 못한 상황이었다. 청암사에 계시는 노스님께는 하직인사도 드리지 못하고 밤중에 도망치듯 절을 빠져나왔는데, 서찰을 내놓으라고 하시니 이거 참 난감한 일이었다.
"너, 이 녀석!"
영신이 아무 소리도 하지 못하자 제산스님은 엄한 표정으로 영신을 날카롭게 바라보았다. 목소리도 나직하니 그대로인데 그 눈빛만은 심장을 꿰뚫는 듯이 매서웠다.
 "네 스님께서 너를 나한테 보내실 적에는 응당 서찰 한 통은 써주셨을 터, 어째서 냉큼 내놓지 못하느냐?"
 제산스님의 서슬에 눌리어 영신은 거짓말을 할 수밖에 없었다.
 "예. 저 은사스님께서 몸이 불편하신지라 서찰은 써주시지 못하셨습니다."
 "인공스님이 편찮으시다고?"
 제산스님은 영신의 엉뚱한 답변에 고개를 갸우뚱거렸다. 바로 며칠 전 비록 인편으로나마 인공스님의 안부를 전해 들었던 터였기에 말이다.
 "예. 저……."
 "너 이 녀석!"
 "예?"
 "스님이 편찮으시면 거기 남아서 병구완을 잘 해드려야 그것이 제자의 도리요 불가의 법도이거늘 편찮으신 스승을 버려두고 나 하나 잘돼보자고 절을 빠져나왔더란 말이냐?"
 "아, 아닙니다, 스님."
 "아니기는 인석아, 무엇이 아니야! 천하에 고약한 녀석 같으니라고."
 "조실스님께 이렇게 참회드리겠습니다."

"참회는 나한테 할 게 아니니라. 네 스님께 돌아가서 올려야 할 것이야."

하는 수 없었다. 거짓말에 거짓말을 보태어 지금 당장 모면해 보려해도 언젠가는 들통이 날 일, 영신은 마음을 다잡아 먹고 사실대로 말했다.

"사실은 은사스님께서 편찮으신 게 아닙니다."

"아니 이 녀석이 이건 또 무슨 소리란 말인고? 방금 네 스님이 편찮으셔서 서찰은 써주시지 아니했다고 그러지 않았느냐?"

"용서하십시요, 스님. 제가 그만 거짓말을 해올렸습니다."

영신은 제산스님 앞에 넙죽 엎드려 스님의 호된 꾸지람을 기다렸다.

"아 이 녀석 보게. 아 그러면 대체 무슨 까닭으로 나한테 거짓말을 했단 말이던고?"

"예. 저 사실은 은사스님 모르게 한밤중에 청암사를 도망쳐 나왔습니다."

"뭣이라고? 도망쳐 나왔어?"

"예에."

"허어 이거, 점입가경이군만 그래. 아니 그래 무슨 잘못을 저지르고 청암사에서 도망쳐 나왔단 말이더냐?"

"잘못을 저지른 게 아니오라 나이가 어리다고 선방에 보내주질 아니해서 그래서 이렇게 도망쳐 나왔습니다.”
　이렇게 들통이 났으니 별수없이 제산스님의 처분만을 기다릴 수 밖에 도리가 없었다. 영신은 스님의 쩌렁쩌렁한 호통소리를 기다리며 죽은 듯이 엎드려 있었다. 그러나 아무리 기다려도 침묵만을 지키는 게 좀 이상하였다. 영신은 슬쩍 고개를 들어 눈치를 살피려다 웃음을 머금고 자신을 바라보고 있는 스님과 눈이 마주쳤다. 영신은 황급히 눈을 내리깔았다.
　제산스님의 목소리가 다시 나직하게 들렸다. 착 가라앉았지만 부드러운 음성이었다.
　“네 나이 대체 몇이더냐?”
　“열 아홉이옵니다, 스님.”
　“그래? 그 나이에 기어이 선방에 들어가고 싶더란 말이냐?”
　“예, 이 허망한 사람 목숨 언제 죽을지 모를 일이온데 어서어서 도를 닦고 생사의 도리에서 벗어나고 싶사옵니다.”
　“허허. 나이도 아직 어린 녀석이 옹골진 소리는 잘도 하는구나. 그래 넌 대체 어떤 연고로 그런 생각을 하게 되었는고?”
　“저와 함께 공부를 하던 봉령 사미가 그만 하루아침에 죽어서 다비를 해주었습니다.”
　영신의 눈물어린 애기를 들으면서 제산스님은 따뜻한 눈길로 영신을 바라보았다. 진심으로 발심을 하여 수행하고 싶은 사람을 내

치는 것은 도리가 아니었다.
 "흐음…… 그래? 그런 일이 있었구나, 그래. 그럼 참으로 발심을 해서 참선수행을 여법하게 잘 해내겠느냐?"
 "예, 스님. 허락만 내리시면 죽기를 각오하고 공부하겠습니다."
 이렇게 해서 영신은 나이 열아홉에 김천 황학산 직지사 선원의 제산스님 문하에서 참선수행을 시작하게 되었다.
 제산큰스님은 만화스님으로부터 전계를 받은 전계 율사로 손꼽히시는 분인데 청정계율을 어찌나 엄히 지키셨든지 빈틈이라고는 눈꼽만치도 허용을 안하는 그런 분이셨다. 그러나 그런 만큼 진정으로 열심히 참선수행을 하려는 젊은 수좌들이 전국 각지에서 찾아와 제산스님의 문하에서 공부하기를 원하였다. 관응스님, 서옹스님, 녹원스님…… 헤아릴 수 없는 많은 스님이 제산스님 밑에서 가르침을 받았다.
 제산스님의 허락을 얻어 직지사 선방에 머물게 된 영신은 어느 날 스님을 찾아뵙고 한가지 여쭙게 되었다.
 "그래 대체 나한테 무엇을 따로 물어보고 싶더란 말이냐?"
 "예 저 화두를 어떻게 참구해야 옳게 하는 것인지 그것을 좀 하교하여 주십시오."
 "화두를 어떻게 참구하는 게 좋겠느냐…… 그걸 알고 싶단 말이지?"

"예, 그러하옵니다."
"여러 말할 것 없고 여러 생각할 것 없다. 일념미생전이다."
"일념미생전이라 하옵시면······."
"한 생각 일어나기 전을 보아라."
"한 생각 일어나기 전······하오면 스님."
"무엇을 더 알고 싶단 말이더냐?"
"한 생각 일어나기 전이라 하오시면 부모미생전, 그러니까 부모님도 생겨나기 전을 보아라 하시는 것이온지요."
"이것봐라, 영신 수좌."
"예, 조실스님."
"어떤 사람이 나한테 와서 판검사가 되려면 어찌해야 합니까 하고 물었다."
"예."
"그래서 내가 법률공부를 해서 고등고시에 합격을 하면 판검사가 될 수 있다고 해주었지. 그랬더니 그 사람이 법률공부를 어디서 어떻게 해야 하느냐고 또 물었어. 그래서 내가 가르쳐주었다. 대학에 들어가서 제대로 배우거나 아니면 독학을 해서 고등고시를 보라고 말이다."
"예에."
"그런데 그 사람이 날더러 법률조항을 대신 외워달라고 하고 법

률공부를 대신 해달라고 하면 대체 그 사람은 어찌 되겠느냐?"
"아, 알겠사옵니다, 스님."
일념미생전(一念未生前). 한 생각 일어나기 전이라고 했으니 그 자리가 과연 어떠한 자리인가. 마음도 없고 부처도 없고 모든 법이 공하니 거기에 공인들 붙어 있겠는가.
"부처님은 일찍이 이렇게 말씀하셨어. 나는 너희들에게 길을 가르쳐주었지만 가고 아니가고는 너희에게 달렸느니라 하고 말이다."
"예."
"나도 너희들한테 길을 가르쳐줄 수는 있지만 정작 그 길을 걸어가야 할 사람은 바로 너희들이야."
"예, 스님. 명심하겠습니다."
"그리고 또 한가지 너에게 당부해둘 게 있다."
"예, 스님"
"햇볕이 있을 때 풀을 말려야 하는 법, 공부도 젊었을 때 마쳐야 하느니라."
"예, 스님. 명심하겠습니다."
제산스님이 일러주신 대로 선방에 조용히 앉아 한 생각 일어나기 전을 보려고 하나 초학자로서는 힘에 겨운 일이었다. 도리어 한 생각 일어나기 전을 보려고 하는 그 마음까지 얽혀서 뒤죽박죽,

제대로 되지를 않았다. 벌써 한 생각은 일어나 있는데 일어난 그 일념을 내놓고 그 일념이 일어나기 전을 어떻게 볼 것인가. 이렇게 이리 뒤집고 저리 뒤집고 죽어라고 씨름을 하여도 되지 않으니 영신은 슬그머니 이러다가는 죽도 밥도 안되겠다 하는 건방진 생각이 들기 시작하였다.

그래서 영신은 제산스님이 내려주신 일념미생전 화두를 집어치워버리고 만공큰스님이 내려주신 조주선사의 무자 화두를 들기로 마음먹었다.

'개에게도 불성이 있습니까?'

'무(無).'

어째서 하필이면 없다고 하였는가. 어째서 한마디로 무라고 하였는가. 이 의심만을 화두로 들기로 한 것이다.

그해 삼동 결제 때였다. 편안한 마음으로 가부좌를 틀고 앉은 영신은 두 눈을 편안히 뜨고 조주선사의 무자 화두를 열심히 들고 있었다. 아침 예불을 올리자마자 자리에 앉았다 하면 공양 때나 잠깐 일어날 뿐, 낮이고 밤이고 가리지 않고 지독하게 정진에 매달렸다.

이것을 알게 된 제산스님이 영신을 걱정하여 말하였다.

"영신아, 입선할 때 입선하고 방선할 때 방선하고 잠잘 때 잠자도록 해라."

"아닙니다, 스님. 제 걱정은 마십시오."

"너 이 녀석! 그러다가 반드시 후회하게 될 것이야."

제산스님이 이렇게 경고할 정도로 영신은 육신의 건강은 돌보지 않은 채 용맹정진에 모든 것을 쏟아부었다. 밤늦도록 참선을 하다가 정 졸음이 와서 견딜 수가 없으면 졸음을 쫓기 위해 밖으로 나와 매서운 바람 속에서 뜰을 거닐었고, 졸음이 달아나면 이번에는 불도 안 땐 지대방에 들어가서 다시 또 참선을 하였다.

공양 때도 반찬은 안 먹고 맨밥만 먹었다. 왜냐하면 반찬을 먹고 밥을 먹으면 밥을 더 많이 먹게 되는데 밥을 많이 먹으면 몸이 녹작지근해져서 원수 같은 잠이 푹푹 쏟아지기 때문이었다. 그래 잠을 쫓기 위해 밥을 덜 먹었고 밥을 덜 먹기 위해서 반찬을 먹지 않았다. 오죽하면 주위에서 독하다고 수군거리기까지 하였겠는가.

정말 무서운 것이 잠이었다. 그렇게 기를 쓰고 안 자려고 밖에 나가서 보행을 했는데도 한번은 마당을 거닐다가 자기도 모르게 마당에서 잠이 들어버린 적도 있었다. 문득 볼이 얼얼하고 따가워서 정신을 차리고 보니 울퉁불퉁한 자갈이 깔린 마당에서 머리를 박고 자고 있는 게 아닌가.

하루는 제산스님께서 영신을 불러 앉히더니만 또다시 야단을 쳤다.

"너 이 녀석 영신아, 선방에는 규칙이 있느니라."

"예, 스님."

"예불할 때 예불을 해야 하고, 공양들 때 공양을 들어야 하고, 입선할 때 입선하고, 방선할 때 방선하고 밤 아홉시면 자리에 들어 잠을 자야 하는 것이 우리 선방의 규칙이니라."

"예, 스님."

"그런데 넌 입선 방선도 가리지 아니하고 잠잘 시간도 지키지 아니하고 내 당부까지도 듣지 아니하니 이게 대체 어찌 된 일이던고?"

"용서하십시요, 스님. 기왕지사 출가득도하여 수행하는 몸, 한시 바삐 생사대사를 벗어나고자 하옵니다."

"이 녀석아, 그렇게 급히 몰아치다가는 법광밖에는 만날 것이 없어."

"버, 법광이라뇨, 스님?"

"참선을 하다가 정신을 잃고 헛소리 헛짓꺼리를 하게 되는 것을 법광(法狂)이라고 한다. 자칫하면 미친다는 말이야. 미쳐."

"엣! 미친다구요!"

"그뿐만이 아니야. 몸을 함부로 다루고 너무 기를 쓰면 상기병에 걸려 살아남지 못해!"

"하오나 스님, 저는 결단코 법광이 되거나 상기병에 걸리지는 않을 것이오니 아무 염려 마십시요, 스님."

"허허. 이 녀석! 그래도 내 말을 알아듣지 못하고 고집을 부리겠

단 말이냐?"

"고집이 아니옵니다, 스님. 이 걱정 저 걱정 다 가리고 나면 대체 어느 세월에 수행을 해서 견성성불을 이루겠습니까?"

"어쨌든 훗날 후회해도 소용이 없을 것이니 내 말을 명심해 둬라."

11
설산고행 수좌

영신이 남다르게 공부에 몰입하는 것을 보고, 같이 공부하는 수좌들이 처음에는 다들 쑥덕거렸다.
"어린 놈이 되게 공부하는 척하네! 두고 보아라, 저것이 며칠이나 갈지⋯⋯ 츳!"
"저런다고 금방 견성성불 하는가?"
스무 살이 넘어야 선방출입이 될 때니 수좌들 중에 영신이 제일 어렸다. 제일 어린아이가 밤이나 낮이나 화두를 들고 꼼짝 않고 앉아 있으니 도반들에게 질투를 산 것이다.
그러나 영신은 밖에서 무어라고 수군거릴 때마다 죽은 봉령 사미와, 얼마전 하룻밤 꿈에 무간지옥을 간 생각을 하였다. 그 생각을 할 때마다 다른 이야기는 귀에 들어오지도 않는 것이었다.

영신의 고집은 정말 어지간하였다. 무리를 하면 안된다고 그렇게 제산스님께서 꾸짖었지만 영신은 들은 척도 아니한 채 혹독한 용맹정진을 계속해 나갔다. 그러나 사람의 체력에는 한계가 있는 법이었다.

어느 날 영신과 같이 용맹정진을 하던 한 수좌가 얼굴이 새파랗게 질려 제산스님에게 달려왔다.

"조, 조실스님! 조실스님! 크, 큰일 났습니다요!"

수좌는 무엇에 되게 놀랐는지 말까지 더듬는 것이었다. 자세히 보니 신도 한 짝만 간신히 걸쳐져 있을 뿐 다른 쪽은 허연 맨발이었다.

"아 이 녀석아, 무슨 일인데 이렇게 호들갑을 떨고 그래?"

"사, 사람이 죽어갑니다요, 스님!"

"사람이 죽어간다니. 누가 말이더냐?"

"예, 저 영신 수좌가 죽어갑니다, 스님."

"뭣이! 영신 수좌가 죽어가?"

"코에서 입에서 시뻘건 피가 막 나옵니다!"

염려하던 일이 기어이 닥치고 만 것이었다. 제산스님은 그 수좌를 따라 허겁지겁 선방으로 달려갔다. 과연 영신 수좌는 시뻘건 피를 쏟으며 사지를 뻗고 쓰러져 있었다. 입에서, 코에서, 하여간 구멍이란 구멍마다 온통 붉은 피였다.

영신을 빙 둘러싼 채 어쩔 줄 모르는 수좌들을 보더니 여간해서 평정을 잃지 않는 제산스님이 버럭 소리를 질렀다.

"아니! 이 녀석들아. 어서 가서 소금을 가져오지 않고 무엇들 하고 있어!"

한 수좌가 고개를 저으며 말했다.

"소용없습니다, 스님. 콧구멍을 막으면 입에서 솟구치는 피를 무슨 수로 막습니까?"

"허허, 이거 이거 큰일났구나! 어서 업고 의원한테로 가자! 어서!"

제산스님은 덩치 큰 수좌에게 영신을 업혀가지고 급히 산을 내려갔다. 읍내 병원에 가서 영신을 내려놓는데 수좌의 옷이 온통 피투성이였다.

"쯧쯧. 원 이렇게 피골이 상접해 가지고 상체에 열이 펄펄 끓고 있으니 피가 솟구칠 수밖에 없지요."

급히 진맥을 하던 의원이 혀를 끌끌 찼다.

"아, 그래 목숨은 부지할 수가 있겠소이까?"

"음…… 장차 사람 구실을 할 수 있겠다고는 장담할 수 없겠습니다. 기력이 워낙 쇠약해진데다가 상체에 열이 있어놔서 달리 무슨 약을 써볼 도리가 없으니까요."

의원이 머리를 설레설레 젓자 애가 탄 제산스님이 안타까이 소리쳤다.
　"아니, 그럼 이 아이를 대체 어찌하란 말씀이시오?"
　"섭생이나 잘 시키면서 두고 보는 수밖에는 달리 무슨 방도가 없습니다, 스님."
　"섭생이나 잘 시키라고 하시면……."
　"이것 저것 가리지 말고 먹이기나 잘 먹이시라 그런 말씀이지요."
　"아니 그럼 침을 놓아도 소용이 없고, 약을 먹여도 안되겠다 그런 말씀이시오?"
　"오늘 내일 죽을 병은 아니니 데리고 가셔서 편히 쉬게 하시고 먹이기나 잘하십시요."
　직지사 선방 제산스님은 영신 수좌를 데리고 다시 절로 돌아오는 수밖에 다른 도리가 없었다. 천만다행히 부처님이 돌보셨던지 영신은 겨우겨우 목숨을 부지한 채 직지사 선방으로 돌아올 수 있었다.
　"영신아."
　"예, 스님."
　"자리에 누우면 더 피가 솟구칠 것이라고 했으니, 여기 벽에 기대고 앉아 있도록 해라."
　"죄, 죄송합니다, 스님."

"인석아, 참선수행을 할 적에 화두를 들더라도 기를 단전 밑으로 흘러내려 보내야지 육단심이 끓어올라 상체로 올라오면 이렇게 상기병에 걸리는 법이야. 이제라도 늦지 않았으니까 마음을 턱 놓아."

"죄송합니다, 스님."

이때는 모두들 다 영신이 죽을 줄로 알았다. 입에서 코에서 시도 때도 없이 그냥 왈칵왈칵 피가 솟구쳐 나왔으니 말이다. 의술도 발달하지 못한 그 시절에 어느 누가 살기를 바랄 수 있었겠는가. 그러나 목숨이라는 것은 참으로 질긴 것이었다. 그렇게 피를 토하고도 영신의 병세는 조금씩 호전되기 시작했다.

하루에도 대여섯 번씩 피를 토하다가 차츰차츰 그 횟수가 줄어들더니 며칠 지나니까 하루에 한두 번씩으로 줄어들었다. 잘만하면 살 수도 있겠다 싶은 생각이 들자 제산스님은 적이 마음이 놓였다.

며칠이 지난 어느 날, 스님은 손수 미음을 들고 영신을 찾아왔다. 방문을 열고 들어서는 스승을 보고 자리에서 일어나려는 영신을 손짓으로 말리면서 제산스님은 제자의 머리맡에 앉았다. 무슨 할말이 계신 듯한 표정이었지만 영신은 묻지 않았다. 스님은 영신의 파리한 이마를 만져보기도 하고 맥을 짚어보기도 하더니 이윽고 입을 열었다.

"이것 봐라, 영신아."

"예, 스님."
"네 병이 어째서 생겼는지 알고 있느냐?"
"죄송합니다, 스님."
"내가 시킨 대로만 공부를 했더라면 결코 이런 병이 없었을 것이야."
"잘못되었습니다, 스님."
"내 말을 어기고 네 멋대로 하다가 이런 병을 얻었으니 넌 이제 네 스님한테 돌아가야 할 것이다."
 그말에 영신은 자리에서 벌떡 몸을 일으켰다.
"아, 아니옵니다, 스님. 어떻게든 삼동결제는 마치고 돌아가겠습니다, 스님."
"안될 소리! 죽던 살던 네 스님 밑으로 돌아가거라. 내 명을 어기는 너를 더 이상 데리고 있을 수 없구나."
"하오나 스님, 이 몸으로 어찌 여기서 나가라고 하십니까?"
"대중공사에 붙여서 내보내기로 결정이 나면 사람을 붙여서라도 너를 청암사나 해인사로 보낼 것이니 그리 알고 있거라."
"너무 하십니다, 스님. 너무 하십니다."
 대중공사에서도 영신 수좌를 돌려보내야 한다고 결정이 나고 말았다. 남의 집 귀한 자식을 객사하게 해서는 안되니 부모품으로 돌려보내자는 그런 뜻이었다. 결국 영신은 출가본산인 해인사로 가는

지 스승이 머물고 계시는 청암사로 가든지 해야 할 형편이 되고 말았다. 대중공사의 결정은 영신을 더욱 궁지로 몰아넣었다.

"대중공사에서도 너를 내보내기로 했으니 별 도리가 없구나. 해인사로 가겠느냐, 청암사로 가겠느냐?"

"너무들 하십니다, 스님. 정말 너무들 하십니다."

"이런 일이란 사사로운 정에 이끌려 결정할 일이 아니다. 너를 위해서 하는 말이니 거역하지 말고 이 절을 떠나도록 해라."

"너무하십니다, 스님. 정말 너무들 하십니다……."

건강을 회복해서 목숨을 부지해야 참선수행도 할 수 있는 법. 은사스님 밑으로 돌아가서 병부터 고치라는 엄한 분부가 납득이 가지 않는 것은 아니었다. 하지만 참선수행하던 수좌가 결제중에 선방을 떠난다는 것은 있을 수 없는 수치스런 일이었다.

대중들과 시비를 일삼았거나, 선방 청규를 어겼거나, 괴각지꺼리를 하다가 쫓겨났다면 입이 열 개라도 할말이 없는 것이지만 참선공부 잘하려고 용맹정진하다가 병을 얻은 것이니 쫓겨날 일은 아니었던 것이다.

영신은 죽기를 각오하고 직지사에 눌러붙어 있기로 작정을 하였다. 그날부터 변소간 뒤에 숨어서 밥을 얻어다 먹고 선방에 슬그머니 들어가 앉았다가 발각되면 쫓겨나고, 쫓겨나면 또 들어오고 나중엔 아예 지대방에 버티고 앉아서 해제날까지는 이 직지사 선방에서 죽든 살든 결판을 내기로 굳게 마음먹은 것이다.
 피까지 토하는 사람이 죽기를 무릅쓰고 결제를 마치겠다고 버티니 제산스님도 혀를 내둘렀고, 다른 대중들까지 고개를 절레절레 흔들었다.
 세상에 독한 놈, 독한 놈 해도 저 영신 수좌같이 독한 놈은 처음 본다는 것이었다. 결국 영신은 그 몸을 하고서 한철 결제를 기어이 마치고 말았다.
 모름지기 수행자라고 하면 첫째는 신심이 있어야 하는 법이다. 나를 찾는 법을 믿지 않고 무엇을 믿을 것이냐 하는 신심, 바로 이것이 첫째다. 둘째로는 분심이 있어야 하는 것인데 여태껏 내가 나를 알고 살아오지 않았으니 참으로 분하다, 이 분한 생각이 사무쳐야 한다 이런 말이다. 허나 분심이 아무리 철저하다 하더라도 의단이 없으면 소용이 없다. 의심이 없으면 안된다는 말이다.
 영신이 피를 쏟으면서도 기어이 결제를 마치고 해제날을 맞으니 그때 모든 대중들이 참으로 장하다고 영신을 칭찬하였다.
 해제를 하고 직지사를 떠나오는데 몸이 휘청거려 걷기도 힘들었다. 그런 영신을 보고 직지사 선방에 계시던 윤태호 스님이 세속목까지 따라오면서 영신을 붙잡았다.
 "이것봐, 영신 수좌! 그 몸을 이끌고 대체 어디로 가겠단 말인가. 한 두어 달 더 쉬다가 기운을 차리거든 그때 떠나도록 하게."

 그러나 영신은 윤태호 스님의 만류를 뿌리쳤다. 수좌가 결제를 마쳤으면 선방을 떠나는 게 정한 이치였던 것이다.
 윤태호 스님은 어쩔 수가 없던지 기어이 떠나가는 영신의 팔을 붙잡으며 말했다.
 "세상에 원, 고집불통 고집불통 해도 자네 같은 고집불통은 생전 처음 보겠네. 이거 내가 가진 돈 전부일세. 이거라도 가지고 가서 약이라도 사먹도록 하게."
 윤태호 스님은 돈 사원을 영신의 걸망에다 쑤셔넣어 주었다. 윤태호 스님의 정성과 손때가 묻은 그 꼬깃꼬깃한 지폐를 보자 영신은 눈물이 핑 돌았다.
 그 돈으로 기차를 타고 가다가 천안서부터는 걸어갔다. 덕숭산 정혜사에 계시는 만공스님을 찾아가는 길이었다.
 그러나 막상 덕숭산 정혜사에 당도해 보니 만공스님은 보덕사에 가 계신다는 것이었다. 지칠 대로 지친 몸이지만 영신은 다시 발걸음을 돌려 보덕사로 찾아갔다. 보덕사에서 만공스님은 조실자리를 보월스님에게 넘기고 살림만 맡아보고 있었다. 영신이 비쩍 마른 몰골을 해가지고 와서 한철 지내겠다고 받아주십사 방부를 간청했더니만 보월스님은 고개를 절레절레 흔들었다.
 "흠…… 그 몸을 해가지고 참선을 하겠단 말이더냐?"
 "예, 스님. 스님 문하에서 공부하여 생사대사를 마치고자 하오니 허락하여 주시옵소서."
 "안될 소리! 그 몸을 해가지고는 어림도 없는 일이니 돌아가서 몸부터 제대로 만들어 오너라."
 "하오나 스님, 이 영신이는 돌아갈 곳이 어디에도 없습니다."
 "방부를 못 받는다면 못 받는 줄 알고 돌아갈 것이지, 무슨 말이 이리도 많더란 말이냐."
 "죄송합니다, 스님. 하오나 이 영신이는 죽기를 각오하고 여기까지 왔으니 살펴주시옵소서."
 "결코 선방에는 들이지 않을 것이니 너 좋을 대로 해봐라."
 참으로 눈앞이 캄캄했다. 그렇다고 호락호락 물러나올 영신이가 아니었다. 큰스님께서야 허락을 하건 말건 영신은 그만 보덕사에 눌러앉아 버렸다. 선방에 들어가야만 참선수행을 하는 것이 아니기 때문이었다. 영신은 그길로 지대방에 앉아서도 참선을 하고, 나무 밑에 앉아서도 참선을 하였다. 며칠을 그렇게 버티는데 보다 못한 보월스님이 영신을 불렀다.
 "이것 보아라, 영신아."
 "예, 스님."
 "넌 대체 어쩌다가 몸이 그 지경이 되었느냐?"
 "예. 동안거 동안 용맹정진을 하다가 상기병에 걸려서 이렇게 되었습니다."

 "허허, 저런! 넌 그래 부처님 가르침도 얻어듣지 못했더란 말이냐?"
 스님 말씀에 의아해진 영신이 반문하였다.
 "무슨…… 말씀이신지요."
 "거문고 줄을 너무 팽팽하게 조이면 제 소리가 나겠느냐?"
 "거문고 줄을 너무 팽팽하게 조이면 제 소리가 나지 않을 것입니다, 스님."
 "그러면 거문고 줄을 너무 느슨하게 매어놓으면 제 소리가 나겠느냐?"
 "거문고 줄을 너무 느슨하게 매어도 제 소리가 나지 않을 것입니다."
 "참선수행을 하는 데 있어서도 그와 같느니라."
 "하오면 스님."
 "몸을 쥐어짜가면서 이를 갈고 참선하면 오히려 공부를 망치는 것이니 잠을 안 자는 것도 옳은 것이 아니요, 하루종일 앉아만 있는 것도 옳은 것이 아니니라."
 "하오면 스님, 공부를 어떻게 해야 옳겠습니까?"
 "몸은 몸대로 놓아버리고 의심만을 관하도록 해라. 조주스님은 어째서 무라고 하셨는고, 그 의심만 관할 것이지 몸을 속박하면서 들볶으면 병이 생기는 것이다. 내 말 알겠느냐?"

"예, 스님, 명심하겠습니다."
 참으로 그랬다. 고행을 위한 고행은 오도에도 도움이 안될 뿐더러 오히려 병고만 닥쳐오는 것이었다. 한번 수행자가 되었으니 생사를 해탈하는 도를 하루만 닦다 말 것이겠는가. 현세의 역사는 다할지 몰라도 내세가 다할 리는 만무한 것. 너무 급히 몰아친다고 해서 되는 것이 아니다. 급히 몰아치는 것도 애착이요 망상인 것이 아니고 무엇인가? 가슴을 허공같이 텅 비게 해서 일체망상이 없어야 화두가 밝게 드러나는 것이다. 그럴 때는 설사 망상이 일어나더라도 뜬구름과 같은 것이니 지나가버리면 그뿐이다.
 피골이 상접한 육신, 백짓장처럼 창백한 얼굴.
 그래서 보덕사에 있던 대중들은 당시의 영신 수좌를 가리켜 설산고행 수좌라고 부를 정도였다. 싯달타 태자가 큰 깨달음을 얻어 부처님이 되기 전, 설산에 들어가 육년을 고행하던 바로 그 모습이라는 뜻이었다.

12
담 넘어가서 외를 따오너라

보덕사에서는 사십여 명의 수좌들이 만공스님과 보월스님의 가르침을 받아가며 참선수행을 하고 있었다. 영신은 보덕사에 머물면서 만공큰스님으로부터 화두를 참구하는 법을 배워 익히고 있었다.

몸을 쥐어짜는 것이 아니라 알 수 없는 의심만 관해야 한다는 보월스님의 말씀이 무엇인지 이제야 비로소 실감이 났다. 게다가 만공스님 회상에서는 아침 저녁으로 땀을 흘리며 꼭 울력을 하니 진작 이렇게 참선을 했으면 그렇게까지 건강을 상하지는 않았을 것이다.

바로 이 보덕사에서 열심히 수행정진을 하고 있던 어느 날 밤의 일이었다.

영신은 아주 편안한 마음으로 무자 화두를 들고 있었는데, 옆에 앉아 있던 조해운이라고 하는 스님이 혼잣소리로 무어라고 웅얼웅얼 게송을 외우고 있었다. 그때 '안개건곤이요, 구탄불조'라는 귀절이 귀에 번쩍 들어오는 것이었다.
'안개건곤이요, 구탄불조라!'
안광이 건곤을 덮어버리고 입으로는 부처님과 조사를 삼켜버렸다! 눈빛으로 천하우주를 다 덮어버렸고, 한 입으로 부처 조사를 다 삼켜버린다!
안개건곤이요 구탄불조니 한 물건도 걸림이 없고 한 물건도 막힘이 없는 통창한 경계가 영신의 앞에 쫘악 펼쳐지는데 말로 표현할 수가 없었다. 밑도 없고, 위도 없고, 동서남북 사방도 없고, 상하도 없는 툭 터진 경계가 나오는데 '아! 바로 이것이 견성이로구나!' 하는 생각이 번쩍 들었다.
'무자를 돌이켜보니 무무도 역무라, 무라 해놓고 보니 무도 없구나! 아, 이것이 견성이로구나!'
환희였다. 하늘을 치솟는 기쁨이었다. 영신은 자기도 모르는 새 어깨춤을 덩실덩실 추어가면서 한달음에 보월스님한테로 달려갔다.
"조실스님! 조실스님!"
"밖에 대체 누가 왔느냐?"

"예. 영신이가 견성을 해가지고 왔사오니 시험해 주시옵소서."
"대체 무슨 소리더냐? 영신이 네가 견성을 했다구?"
"예."
"어디 한번 들어와서 일러보아라."
영신 수좌는 보월스님 앞에 예를 갖춘 다음 공손히 앉았다.
"그래. 견성을 했다고 그랬으니 대체 견성을 어떻게 했느냐?"
"예. 조주 무자를 깨달았습니다."
"어허! 이 사람 좀 보게! 무자를 깨달았다고?"
"예."
"무자는 천명 성인도 알지를 못했고 부처님도 깨닫지 못했거늘 감히 너는 어떻게 깨달았느냐?"
"예. 저, 저는……."
"어서 내 앞에 내놓아 보아라. 네가 깨달은 도리를 내놓아보란 말이다."
"예…… 저 영신이는…… 읍!"
매서운 주장자가 날라와 어깨죽지에 사정없이 꽂혔다.
"너 이놈! 견성성불 근처에도 가지 못한 녀석이 감히 어디서 무엇을 보았다고 헛소리를 하는고?"
"아, 아니옵니다, 스님. 분명히 보았습니다…… 읍!"
다시 주장자가 날아왔다. 영신을 추궁하는 카랑카랑한 보월스님의 목소리가 이어졌다.

"그러면 냉큼 내 앞에 내놓아보란 말이다. 깨달은 도리를 당장 내 앞에 내놔봐!"

"……."

억울하였다. 그러나 어쩔 수가 없었다. 보월스님의 호령소리가 커지면 커질수록 찰떡같이 달라붙은 입은 떨어질 줄을 몰랐다. 활활 타는 가슴만 터질 듯하였다. 스님의 호령소리에 놀라 모여든 사람들이 문 밖에서 이야기를 엿듣고는 킥킥거리고 있었다.

"수천의 성인들도 깨닫지 못한 무자를 깨달았다고 하니 천하에 이런 방자한 녀석을 보았는가. 여봐라. 거기 밖에 누구 없느냐?"

"예."

"거짓으로 견성했다는 이 버릇없는 놈을 당장 밖으로 쫓아내라!"

"아, 아니옵니다, 스님. 그게 아니옵니다……."

아, 이럴 수가 없었다. 이리 봐도 훤히 보이고 저리 봐도 훤히 보이는 그 무자 도리가 순식간에 어디로 사라진 것일까.

조실스님은 영신을 주장자로 마구 내려치면서 당장 나가라고 호통을 쳤다. 참으로 기가 막힌 노릇이었다. '안개건곤 구탄불조'는 다 어디로 가고 찍소리 한마디 못한 채 쫓겨나는 신세가 되었는가. 분하고 억울했다. 물러나오는 영신의 퀭한 눈에 눈물이 고였다.

 그러나 인간만사 새옹지마라. 결과적으로 보면 오히려 더 잘된 일인지도 몰랐다. 훗날에 돌이켜 생각해본 것이지만, 사실 영신이 이때 보월스님에게 꾸지람을 맞지 않았더라면 '난 견성했습네' 하고 입만 벌리고 돌아다녔을지도 모를 일이었다. 자만심으로 인해 젊은 사람 하나 버리기는 쉬운 일이 아니던가. 보월스님의 벼락 한 통으로 영신이 더 이를 악물고 열심히 도를 닦게 되었으니 그야말로 큰 은혜를 내린 것이 아닌가.
 사실 영신은 무참하게 쫓겨나와 캄캄한 하늘을 쳐다보면서 이를 악물었다.
 '좋습니다, 조실스님. 오늘은 이 영신이가 경거망동하다가 쫓겨나는 신세가 되었습니다만, 두고보십시요. 기어이 견성성불해서 스님의 인가를 받아내고야 말테니까요!'
 보덕사에서 한철 수행을 마치고 나니 사십여 명의 대중들이 보덕사를 떠나게 되었다. 이때 영신 수좌는 마음에 맞는 일곱명의 도반을 모아 덕숭산 정혜사로 자리를 옮겨 용맹정진을 결의하였다. 용맹정진은 수행기간이 끝날 때까지 자리에 눕지도 않고 잠도 자지 않는 가장 혹독한 수행방법이었다.
 이 일곱 명이 정혜사에서 용맹정진을 하는데, 너나할것없이 한사나흘 잠을 안 자고 나니 화두는 간곳이 없고 그저 어떻게 하면 잠이나 좀 자볼까 하는 그 생각뿐이었다. 일주일이 지나고부터는

가관이었다. 밥을 먹으면서도 꾸벅꾸벅, 정낭(변소)에 가서 큰일을 보면서도 꾸벅꾸벅 다들 제정신이 아니었다.

어느 날 한 수좌가 정낭에 가서는 아무리 기다려도 나오질 않았다. 기다리다 못해 정낭으로 쫓아들어가 봤더니 그 수좌는 쪼그리고 앉은 채로 세상 모르고 자고 있었던 것이다. 절간 정낭이라고 하는 것이 밑을 내려다 보면 천야만야 낭떠러지인데, 그렇게 정신없이 잤으면서도 그 구멍으로 안 빠진 게 다행이었다.

한 열흘 계속해서 잠을 못 잔데다가 졸기만 하면 장군죽비로 내리치니, 나중에는 참 별별 사람이 다 있었다.

어떤 수좌는 벽에 걸려 있는 시계추를 떼어가지고 시계추를 냅다 흔들면서 저도 모르게 덩실덩실 춤을 추었고, 또 어떤 수좌는 창문을 떼어내고 창문 밖으로 굴러떨어지기도 하였다. 또 어떤 수좌는 참선을 하다말고 벌떡 일어나 느닷없이 타령을 한 곡조 뽑아대기도 했다.

어느 날 만공스님은 용맹정진하고 있는 수좌들 방에 들어서더니 방 안을 한바퀴 빙 둘러보고 나서 불수정진을 엄히 금지하게 되었다.

"너희들 모두 불수정진을 결의했다니 그 신심, 그 발심은 가히 장하다 하겠다. 허나 잠을 아니 자는 것이 도닦는 것이 아니요, 눕지 않는 것이 도닦는 것이 아니니라. 선방 청규에 따라 수행할 때

수행하고, 공양들 때 공양들고, 방선할 때 방선하고, 울력할 때 울력하고, 잠잘 때 잠자고, 목마를 때 물 마시면서 물 흐르듯이 그렇게 해야 하는 것이니 더 이상의 불수정진은 금할 것이니라."

만공스님의 엄한 분부가 내려진 이후 수좌들은 거꾸로 잠자는 공부를 시작하게 됐다. 선방에 자리를 펴놓고 베개를 높이 베고 잠을 자는 그런 공부가 아니라, 앉아서도 자고 서서도 자고 걸으면서도 자는 그런 진풍경이 벌어졌던 것이다. 아무튼 잠을 안 자고 참선수행을 계속하는 용맹정진은 말 그대로 혹독한 수행, 처절한 자기 자신과의 싸움이었다.

용맹정진이 금지된 후에도 영신은 하루에 한두 시간 자면 그만이었다. 석달 열흘 한철을 잘 지내고 난 뒤 해제날이 되었다. 대중들이 각자 제 갈 길을 찾아 뿔뿔이 흩어지는데 만공스님이 영신을 따로 불렀다.

"영신 수좌는 어찌하려느냐. 이 절에 남아 있겠느냐, 떠나겠느냐?"

"한철 잘 지냈으니 떠나볼까 합니다."

"그 몸을 해 가지고서는 운수행각이 어려울 것이니라."

"아닙니다, 스님. 이제 피를 토하지 않게 된 것만도 다행인 줄 아옵니다."

"떠나겠다 하면은 붙잡지는 않겠다마는 조심해야 할 것이니라."

"예, 명심하겠습니다."
"몸을 비틀고 몸을 쥐어짜고 몸을 학대한다고 해서 견성성불이 이루어지는 것이 아니니 이 점 각별히 유념하도록 해라."
"예, 스님. 결코 잊지 않겠습니다."
"산고수장이니 산은 높고 물길은 멀고 멀어 두두물물이 다 부처님이요 스승이니라."
"예, 스님, 명심하겠사옵니다."

 덕숭산 정혜사를 떠난 영신은 남으로 남으로 정처없는 발길을 옮기며 걸림없는 운수행각에 나섰다. 길을 가다가 다리가 아프면 쉬고, 또 길을 가다가 해가 지면 아무데서나 자고, 배가 고프면 농가에 들어가서 보리밥을 얻어먹어가며 쉬엄쉬엄 가다 보니 발길은 어느덧 전라도 곡성땅을 밟고 있었다.
 운수행각을 하면서도 영신 수좌는 무자 화두를 늘 들고 있었다. 길을 걸으면서도, 앉아서 쉬면서도, 개울을 건너면서도 무자 화두를 들고 의심에 의심을 거듭했다. 대체 조주선사는 어찌하여 하필이면 무라고 대답했을까?
 영신 수좌는 개울 위에 놓여 있는 징검다리를 건너고 있었다. 그런데 바로 그때였다. 그동안 일구월심으로 들고 있던 무자 화두가 홀연히 사라지면서 느닷없이 옛 조사의 물음이 귓전을 때렸다.

"이것 봐라, 구름과 안개가 잔뜩 끼었는데 소를 잃었으니 어떻게 하면 소를 찾겠는고?"

"예. 그건 저 구름과 안개가 벗겨지고 나면 그때 소를 찾으면 되겠습니다."

"틀렸느니라. 그러면 이번에는 네가 나한테 물어보아라."

"그럼 제가 묻겠습니다. 구름과 안개가 잔뜩 끼었는데 소를 잃었으니 대체 어떻게 하면 소를 찾겠습니까?"

"담 넘어가서 외를 따오너라."

"예에? 담을 넘어가서 외를 따오라구요?"

"담 넘어가서 외를 따오너라. 담 넘어가서 외를 따와!"

없을 무자 화두는 홀연히 사라지고 느닷없이 '담 넘어가서 외를 따오라'는 옛스님의 법문이 귓가에 쨍하고 들려오는 그 순간, 영신 수좌는 홀연히 깨달음을 얻었던 것이다. 개울물 위에 걸려 있는 징검다리에 선 채 영신은 말할 수 없는 큰 기쁨을 맛보았다.

"그래. 나는 분명히 깨달았다. 고인의 생사해탈법이 바로 이것이요, 언하대오가 바로 이것이다. 생이 어디 있고 사가 어디 있는가. 태어남이 어디 있고 사라짐이 어디 있는가. 어떤 사람이 나에게 서쪽에서 온 뜻을 묻는다면 내 발 아래 흐르는 물은 바위 틈으로 흘러간다고 말하리라"

영신은 혼자 덩실덩실 춤을 추면서 산을 넘어 태안사로 들어갔다. 산문에 들어서니 구산선문에 훈풍이 남았는지 경계가 적적 하였다. 선방에는 분명히 대중스님 몇분이 모여서 정진을 하고 있었는데도 쥐죽은 듯이 조용하였다. 그러니 영신은 누구한테 깨달았다고 할 수도 없고, 보았다고 할 수도 없었다.

영신이 알았다, 깨달았다고 한들 그 경계를 어느 누가 알아주겠는가. 혼자서 법당에 들어가 보니 법당에 부처님은 그대로 다 계시건마는 영신의 눈에는 부처님이 한분도 없었다. 뜰앞을 거닐면서 산을 보니 산은 그 자리에 그대로 서 있는데 텅 비어 있었다.

도량에 달빛이 하얗게 쏟아져 내리고 누각에도 달빛이 그득하였다. 그날밤 영신은 누각 앞을 거닐다가 시를 한 수 읊었다.

어젯밤 삼경에 달빛은 누각에 가득 찼는데
옛집 창 밖에는 갈대꽃 가을이로다
부처와 조사도 몸과 목숨을 잃었는데
동리산 골짜기 바위 아래 흐르는 물은
다리를 지나가는구나
(昨夜月滿樓
　窓外蘆花秋
　佛組喪身命
　流水過橋來)

영신은 달빛 가득한 절마당에서 기쁨에 겨워 밤새도록 달빛 속을 거닐고 있었다. 그러다가 아무 생각 없이 고의춤을 풀고 절마당에다 오줌을 누기 시작했다. 그런데 바로 그때 태안사 감원을 맡고 있던 스님 한 분이 방문을 열고 나와 이 모습을 보고는 벽력같이 소리를 질렀다.

"야, 이놈아! 법당 앞 뜰에다 오줌을 누는 놈이 대체 누구냐?"

"캄캄한 녀석이라 헛소리하는구나!"

"아니 이 미친 놈이! 절마당에다 오줌을 누고도 뭘 잘했다고 헛소리냐, 헛소리가!"

"허허! 이런 캄캄한 놈을 봤나. 야 이놈아, 천하에 두두물물이 다 부처인데 부처가 없는 곳이 어디란 말이냐? 산하대지가 다 비로자나 진신체인데 어느 곳에다 오줌을 누란 말이냐."

"원 세상에 이런 미친놈도 수좌라고 승복을 걸치고 있네 그래. 당장 나가거라, 이놈!"

"이놈이 이거 도인을 몰라보고 함부로 입을 놀리네. 에헴, 갈 때 가더라도 밥이나 먹고 가야겠으니 가서 밥이나 한상 차려오너라."

"어이구 이놈이 이거 미쳐도 단단히 미쳤구만! 당장 안나가면 작대기로 내려칠 것이니 어여 썩 나가란 말여!"

불교가 우리나라에 전해진 지 실로 천육백여 년. 그동안 수많은 선지식이 출현했고 거봉들이 등장해서 이 나라 이 민족의 정신적 지주가 되어왔으나, 이십대 초반에 깨달음을 얻은 스님은 흔치 않았다. 영신이 바로 세속 나이 스물 세 살 적에 홀연히 깨달음을 얻었으니 그야말로 비상한 일이었다.
　나이 스무 살을 갓 넘은 녀석이 갑자기 견성을 했다, 깨달음을 얻었다 하니 믿어주는 사람이 없었다. 견성을 했다고 해서 눈이 갑자기 네 개로 늘어나는 것도 아니고, 머리에 왕관이 생겨나는 것도 아니, 무슨 표가 나는 것도 아니니 말이다. 이 깨달은 경계를 주머니처럼 뒤집어 보일 수가 있나, 흔들어 보일 수가 있나, 나 혼자 알고, 나 혼자 보고, 나 혼자 깨달았으니 누구와 더불어서 그 경계를 말할 것인가. 산천초목과 더불어 말할 것인가, 청풍명월을 향해 말할 것인가, 참으로 어디다 비유할 수 없는 심정이었다.
　허공에 바람이 이니 바다 밑에서 연기가 난다고나 할까. 달은 허공에 있는데 바다 밑에 달이 있구나 그렇게 말할까. 내 웃음 한 소리에 천지가 놀라고 금방까지 캄캄했던 것이 홀연히 밝아졌으니 그저 저 혼자 좋아서 달빛 밝은 뜨락을 거닐고 있다가 그만 절마당에 다 오줌을 철철 누고 만 것이다. 그러니 미친놈 소리를 듣지 않을 수 있겠는가.
　선객이란 놈이 그런 짓을 하고 다녔으니 참선을 하면 행이 없다고 시비를 듣게 마련이었다. 영신이야 깨달아서 정신이 말짱했지만

　다른 사람 눈에는 미친놈으로 보인 것이었다. 그래도 다른 것에 미친 것이 아니라 법에 미쳤으니까 법광이라고나 할까. 좌우지간에 미친놈 취급을 받고 보리밥 한 덩이도 못 얻어먹고 결국 영신은 태안사에서 쫓겨나왔다.

　그래도 영신은 곡성 동리산을 넘으며 덩실덩실 춤을 추었다. 어쩌다 길에서 사람을 만나면 입고 있던 옷을 벗어주기도 하고, 걸망을 벗어제치고 손에 집히는 대로 무엇이든 다 나누어주었다. 이상하게도 무엇이든 다 나눠주고 싶은 그런 경계가 있었다. 그러니 모두 다 영신을 미쳤다고 하는 것이었다. 그러나 영신은 자기를 미쳤다고 하거나 말거나 흥이 나서 노래까지 불러제끼면서 걸어가고 있었다.

13
내가 영신이한테 속았다

영신은 마곡사 근처에 있는 혜봉큰스님을 찾아가고 있었다. 태안사에서 밥도 못 얻어먹고 쫓겨나다시피 하였으니 마곡사 못미처 구암리에 당도하였을 때쯤에는, 지치고 배가 고파 현기증이 일어 어찔어찔하였다. 구암리에서 마을사람들한테 혜봉큰스님 계신 곳을 물어보니 감나무집을 가르쳐주었다. 커다란 감나무 한 그루가 우람하게 솟아 있는 한 간짜리 초가집이었다.

밖에서 인기척이 나자 방에 계시던 혜봉큰스님은 마른 기침을 하며 나오셨다.

혜봉스님은 키도 후리후리하게 크고 이목구비가 뚜렷한 게 매우 잘생긴 어른이었다. 게다가 지혜가 밝기로 당대 선지식 중에 제일로 소문난 스님이었다.

영신은 아무 말 없이 절부터 올렸다. 스님도 아무 말 없이 절을 받으시더니 영신이 합장을 하고 예를 갖추자 비로소 물었다.
 "음. 그래, 어디서 온 누구시던고?"
 "예. 선방에서 수행하던 수좌이옵니다."
 "그래. 무슨 일로 이 늙은이를 찾아오셨는가?"
 "제가 곡성 동리산재를 넘어가다가 담너머 외를 따오라 하신 옛 스님의 법문에 그만 무자 의지가 뒤집어져서 그길로 바로 견성을 한 것 같습니다."
 "뭣이라고? 견성을 했다?"
 "예. 하오니 큰스님께서 좀 보아주십시오."
 "날더러 보아달라?"
 "예."
 "견성을 제대로 했는지 그걸 보아달라는 말이렷다?"
 "그러하옵니다, 스님."
 "그럼 어디 나에게 물어보시게."
 "천하에 노고주가 무자 반을 이르지 못했습니다. 큰스님께서는 조주스님의 무자 의지를 반만 일러주십시오."
 "반만 일러달라구?"
 "예."
 혜봉스님은 찌를 듯한 눈길로 영신을 정면으로 바라보았다. 무

자 의지를 다 일러달라는 것도 아니고 반만 일러달라니 앞에 선 자가 젊디젊은 수좌이지만 보통은 넘는 것이다.

"무!"

혜봉노스님이 무라고 대답하시자 영신이 단번에 대들었다.

"그것이 어찌 반이 될 이치가 있겠습니까, 스님?"

"허허. 나는 반을 일러달라고 해서 무라고 일렀거니와 그렇다면 이번에는 내가 수좌한테 돌려묻노니 수좌가 어디 무자의 반만 일러 보시게."

혜봉스님이 이렇게 되돌려 물어오자 영신은 공손히 합장하여 예를 올리더니만 이렇게 말하였다.

"무!"

젊은 영신이 이렇게 대답해 올리자 혜봉스님은 숨돌릴 틈도 주지 아니하고 다시 또 물었다.

"어떻게 일러야 조사관이 되겠는고?"

"마름뿔이 뾰족해서 저와 같지 않사옵니다."

젊은 영신이 이렇게 대답하자 혜봉노스님은 그만 아무 대꾸도 없이 뒤돌아서서 방 안으로 들어가 방문을 쾅 하고 닫아버렸다.

"아니! 스님, 스님, 스님!"

혜봉스님이 아무런 대꾸도 없이 방 안으로 들어가버리자 젊은 영신은 그만 우쭐한 생각이 들었다.

'그래. 내가 바로 일렀더니만 혜봉큰스님도 더 이상 할말이 없으신 게야. 내가 견성한 것을 인가한 거지. 조주선사의 무자 뜻을 반만 일러라. 무. 어떻게 일러야 조사관이 되겠는고? 마름뿔이 뾰족해서 저와 같지 않사옵니다. 흐흠, 그대가 견성했음을 내가 인가하노라. 하하하하하…….'
　그때 혜봉스님과의 일을 생각하며 훗날의 전강스님은 두고두고 창피스럽고 부끄러워하였다. 저 혼자 자만심이 가득 차 '견성했노라' 하고 입을 놀리고 다녔으니 말이다. 혜봉큰스님은 그 후 서왕산 내원에서 돌아가셨는데 수년 후 영신은 혜봉스님의 영전에서 깊이 참회를 드려야 했다.
　학의 다리에는 학 다리를 이어야 하고, 오리 다리에는 오리 다리를 이어야지, 기다란 학 다리에다가 짧은 오리 다리를 붙여놓으면 될 것인가. 시집을 가서 진짜 신랑은 치워버리고 엉뚱한 사람을 신랑삼은 것과 마찬가지다.
　그러면 대체 어떤 것이 조사관이던가?
　'무'
　혜봉스님의 '어떻게 일러야 조사관이 될 것인가'하는 물음에는 바로 이 무라는 대답이 척 들어맞는 대답이었다. 바로 거기서 그르친 것이었다. 그때 대답을 못 이룬 것이 정말 원통한 일이었다.

　영신은 마곡사 입구 구암리에서 혜봉노스님을 만난 뒤 다시 발길을 돌려 선지식이 머물고 있는 지리산 쌍계사로 향했다. 이 무렵 지리산 쌍계사에는 허태오 스님이 머물고 있었다.
　허태오 스님은 유명한 누더기 스님이었다. 속가 성씨는 허씨요, 법명은 태 자 오 자, 법호를 구름 운(雲) 자 소나무 송(松) 자 운송(雲松)이라고 하였는데 그 분은 생전 조실 살림을 맡은 적도 없이 그저 쌍계사 동방장 뒷방에 가만히 앉아서 공부만 하시는 분이었다. 찾아뵙고 큰 절을 올리고 올려다보니 얼굴은 깨끗하고 청수한 스님이 옷은 누더기를 걸치고 계셨다.
　영신은 그렇게 지독한 누더기를 기워입은 스님은 그전에도, 그 후에도 다시 보지 못했다. 얼마나 누덕누덕 깁고 또 깁고 기웠든지 베오라기 자리는 다 없어져버리고 바늘로 꿰맨 실뿐인 옷이었다. 그나마 그 누더기도 한 벌 뿐이고, 누가 새옷을 한 벌 해다 드리면 옷베 짜는 여인네 고생이 얼마나 많은데 내가 감히 어떻게 새옷을 입느냐고 통 받지 않는 그런 분이었다.
　밥을 먹어도 쌀밥은 먹는 법이 없었다. 쌀농사 짓는 농부 고생이 얼마나 많은데 감히 이런 밥을 편히 먹을 수 있느냐면서 솔잎을 갈아먹고 콩가루를 갈아서 물에 타서 조금씩 마실 뿐 그밖에는 아무 것도 먹지 않았다.
　그뿐이 아니었다. 자신이 자는 뒷방에 손수 땔나무를 해다가 땠는데 절대로 살아 있는 나무를 베는 일이 없었다. 죽은 나뭇가지나 솔방울을 주워다가 겨우겨우 불을 때는 거였다. 참으로 살아 있는 도인스님이었다. 사람 욕심이 가지가지라지만 뭐니뭐니 해도 먹는 욕심, 입는 욕심, 편할 욕심, 이런 저런 욕심 버리기가 쉽지 않은 것인데 말이다. 먹는 것 욕심 없지, 입는 것 욕심 없지, 잠자리 상관 안하지, 벼슬이니 감투니 안중에도 없지, 누구한테 대접받기 바라지도 않으니 세상에 이런 깨끗한 도인이 없었다.

이 허태오 스님의 방에는 법문이 하나 붙어 있었다.

월야할조야할(月也喝照也喝)
비월비조역할(非月非照亦喝)

대갈일성이라고 속가에서는 '갈'이라 읽지만, 불가에서는 꾸짖을 할(喝)이라 한다. 남이 잘못하면 꾸짖는다는 말이다.

"저 스님…… 스님께서 벽에다 게송을 붙여놓으셨던데요. 월도 할이요, 조도 할이요, 비월비조라도 역시 할이라 하셨으니 그 할은 대체 어디다 하는 것입니까?"

그러나 운송스님은 대답이 없으셨다. 오분이 지나고 십분, 이십분이 지나도 아무 대답이 없으셨다.

다 알면서도 침묵으로 이른 것인가, 법을 아껴서 그랬는가. 영신

은 나름대로 그 의미를 새기면서 그대로 물러나왔다.

　지리산 쌍계사 동방장에서 운송 허태오 스님을 작별한 영신은 벽소령을 넘어 영원사에 들러서 상무주로 올라갔다. 여기서 하룻밤을 머물고 영신은 다시 발길을 옮겨 황학산 직지사로 갔다.
　영신은 잠시 직지사에 머물다가 혜월스님을 뵈러 통도사 극락암을 찾아갔다. 혜월스님은 저 유명한 경허대선사의 제자로 만공스님, 한암스님, 수월스님과 더불어 경허대선사의 선맥을 이어받은 도인스님이었다.
　혜월스님은 커다란 황소 두 마리를 기르고 계셨다. 어린아이 같은 천진한 눈빛에 밤낮으로 소꼴을 베어 쟁여놓고 있었다. 영신은 스님이 소 고삐를 옮겨매는 모습을 지켜보다가 잠깐 쉬는 틈에 인사를 드렸다.
　"그래 네가 나한테 법을 물으러 왔단 말이냐?"
　"예."
　"허면 내가 누군지 그것을 제대로 알고 왔으렷다?"
　"예, 스님께서는 경 자 허 자 큰스님으로부터 인가를 받으신 도인스님이십니다."
　"허허허…… 그래, 네가 알기는 제대로 아는구나. 허허, 우리 큰스님 경허대선사께서 일찍이 나를 여지없이 인가하셨느니라. 허허허……."
 혜월스님은 아이처럼 때묻지 않은 표정으로 좋아라 큰소리로 웃었다.
 알고 보면 꽤 재미난 어른이었다. 평생에 반말만 하지 존대말을 쓸 줄 모르며, 음식이 짜고 싱거운 줄을 도통 모르는 분이었다. 또 어떻게 소나무에 잘 올라가는지 틈만 있으면 걸망 하나 짊어지고 솔방울만 따오는 스님이었다. 늘 솔방울로만 불을 때기 때문이다.
 또 처음 대하는 학자들에게는 '우리 큰스님이 나를 여지없이 인가하셨다'는 것부터 가르쳐주었다. 그래도 그 천진하고 순수한 웃음으로 인해 듣는 사람은 그것을 결코 자기 자랑으로 생각하지 않는다는 것이다.
 "솔방울은 무엇하러 손수 따십니까?"
 "내가 안 따면 누가 따주는가? 나라도 따야지."
 스님은 이렇게 부지런하기 짝이 없어 한시도 쉬지 않았다. 방에 들어앉아 계실 때는 꼭 짚신을 삼는데 자기 것이 아니고 대중들의 신을 삼아 학자들에게 신으라고 내놓는 분이었다. 스님은 어린 시절 속가에서 부모님의 따뜻한 사랑을 받지 못하고 글도 배우지 못하고 자라셨다 한다. 영신은 가슴 한 끝이 저려오면서 스님께 육친의 정보다 더한 따스한 감정을 느꼈다.
 "하온데 스님께서는 어찌하여 이 극락암에서 소를 키우고 계신

지요?

"소? 어어, 저 소들 말이냐? 으응, 저 소야 이 극락평전을 논으로 만들어 농사를 지으려고 샀다."

"농사를 지어서 어디에 쓰시게요?"

"아니, 쌀농사를 지어서 공부하는 수좌들 먹여살리려고 그런다."

영신은 혜월스님을 모시고 산에도 올라가보고 논에 나가 스님의 일을 돕기도 하면서 며칠을 극락암에서 보냈다.

그러던 어느 날 아침공양을 마친 혜월스님이 영신에게 문득 물었다.

"니가 견성을 한 것 같으니 날더러 봐달라 그랬으렷다?"

"예."

"그럼 어디 공적영지에 공적을 일러라."

"예? 예에. 알래야 알 수 없고 모를래야 모를 수 없습니다."

"하면 공적영지에 영지를 일러라."

"예. 모를래야 모를 수 없고 알래야 알 수가 없습니다."

"허면, 이번에는 공적영지 등지를 일러라."

"예. 해는 서산에 지고 달은 동녘에서 떠오릅니다."

혜월스님은 눈을 둥그렇게 뜨고는 대번에 감탄하며 말하였다.

"호오! 이거 우리나라에서 참으로 큰 도인이 나왔구나! 오늘 누가 감히 공적과 영지와 등지를 이를 수 있겠느냐. 허허허!"

"하, 하오면 스님······."
"너는 분명히 견성을 했으니 이 혜월이가 여지없이 인가하노라. 하하하······."
 이렇게 해서 영신은 당대의 선지식 혜월스님으로부터 인가를 받았다. 그야말로 여지없는 인가였다. 보월스님께 한 방 맞던 일, 혜봉스님이 아무 말 없이 방문을 탁 닫고 들어가던 일, 여러 가지 우여곡절이 아스라히 떠올랐다.
 견성을 하고 난 도인의 행동 양태도 가지각색이어서 팔십일행이 있다고 한다. 미친 증세를 보이는 광행, 걸사행각을 하는 걸행, 밥상 위에 올라가 똥을 싸기까지 하는 영아행······ 그렇지만 이 혜월선사 같은 천진행은 세상에 찾아보기 힘든 경우이다. 타산할 줄 모르고, 꾸밈이 없다. 천진행이나 영아행은 꾸며서 되는 게 아니다.
 영신은 그후 혜월스님 같은 도인스님을 차마 그대로 둘 수 없어 김천 직지사로 모셔갔는데 얼마 후 부산 통도사 신도들이 거금을 모아 다시 모셔가게 되었다.
 선지식 백용성 스님을 찾아가 자신이 과연 깨달음을 얻었는지를 다시 한번 확인하고 싶었던 영신은 단신으로 서울을 향해 길을 떠났다. 대쪽 같은 용성스님도 과연 깨달음을 인가하실 것인가, 아니면 한 방에 내리치실 것인가.
 발없는 말이 천리 간다더니 영신이 견성하였다는 소문은 서울에

도 쫙 퍼져 있었다. 종로 봉익동 대각사에서 젊은 수좌들을 지도하고 계시던 백용성 스님은 누가 귀띔을 했는지 갑자기 주위를 돌아보며 말했다.

"이 수좌들 가운데 정영신이가 와 있다던데 어디 있느냐?"

영신이 앞으로 나서며 절을 올렸다.

"예. 영신이가 큰스님께 인사올리옵니다."

"음. 네가 바로 정영신이로구나."

"예. 그렇습니다."

참선수행을 시작하여 첫철을 용성스님 밑에서 지냈으니 영신을 알아보는 눈치였다.

"내 그렇지 않아도 널 한번 만나고 싶었느니라. 네가 견성을 했다는 소문이 팔도강산에 널리 퍼졌거늘 마침 잘왔다."

"부끄럽사옵니다."

"오늘은 너와 내가 법거량을 한번 해봐야 할 것이니 내가 너를 시험할 것인즉 한번 일러보도록 해라."

"예. 말씀하시지요, 스님."

"여하시 제일구, 어떤 것이 제일구냐고 물었다."

"……."

"제일구를 이르지 못하는고?"

"……."

"어떤 것이 제일구더냐?"

계속하여 침묵을 지키던 영신은 다그치는 스님의 말을 제대로 못 들었다는 듯이 다시 한번 반문하였다.

"예에?"

용성큰스님은 영신을 날카롭게 바라보며 재차 말했다.

"어떤 것이 제일구냔 말이다!"

"짝짝!"

영신은 느닷없이 손뼉을 짝짝 치며 일렀다.

"허허, 이 놈 보소! 틀렸느니라."

용성스님이 틀렸다고 하니 다시 공손히 절을 한 뒤 여쭈었다.

"하오면 큰스님께서 일러주십시오."

스님은 영신의 절을 받고 나서 미소지으며 입을 열었다.

"영신아! 내 제일구를 일러마쳤느니라."

"하하하하하!"

영신은 용성큰스님의 대답을 듣고는 호쾌한 웃음을 웃었다. 이 때 용성큰스님이 준엄하게 한마디 덧붙이었다.

"영신아."

"예."

"네가 전신을 못했느니라."

영신이 아직 생사해탈에 이르지 못했다는 뜻이었다.

"하오면 큰스님께서 저에게 전신구를 물어주십시오."
"너에게 전신구를 물어달라?"
"예."
"허면 대체 어떤 것이 전신구이더냐?"
"예. 낙하는 따오기와 더불어 가지런히 날고, 추수는 장천과 같이 한빛입니다."

영신이 어렵지 않게 대답하자 용성큰스님은 옳다 그르다 한마디 말씀도 없이 방장실로 들어가버렸다.

영신은 그만 걸망을 챙겨가지고 예산 덕숭산 정혜사로 내려오고 말았다. 그런데 나중에 들어보니 영신이 대각사를 떠나온 사흘 뒤, 용성큰스님이 대중들을 다 모아놓고 이렇게 실토하더라고 했다.

"내가 영신이한테 속았다."

바로 영신이 떠난 뒤에 인가를 한 것이다. 속은 줄 알고 속은 것을 공표하셨으니 바로 이것이 인가 아닌가.

민족대표 33인으로 독립운동을 하다가 감옥살이까지 하던 용성스님은 끝까지 굽히지 않기로 유명하던 그런 분이었다. 그뿐만 아니라 왜색불교 꼴보기 싫다고 불교라는 말 대신에 대각교 운동을 하기도 하고 참선도 참으로 많이 하시던 선지식이었다. 그런 어른이 속은 걸 속았다고 공표를 하였으니 그것이 바로 인가가 아니고 무엇이겠는가.

14
대체 이 술잔은 화엄경 몇째 품이요?

　당시에 금강산 지장암에는 선지식 한 분이 또 계셨다. 바로 한암스님이었는데 이분도 경허큰스님의 제자로 이름난 도인스님이었다. 이 한암스님 역시 당대의 선지식으로 손꼽히는 분이라 영신은 금강산 지장암으로 한암스님을 찾아뵈러 갔다.
　"그대는 대체 어디서 온 수좌이던고?"
　"예. 소승 정영신이라 하옵니다."
　"영신 수좌라고?"
　"예."
　"호오! 말로만 듣던 그 유명한 영신 수좌가 바로 그대이던가?"
　"그러하옵니다."
　"그러면 내 한 가지 물어볼 것이니 어디 한번 일러보게."

"예."

"본래 한 물건이 없다고 해도 의발을 얻을 수가 없다고 했거늘 그대는 어떻게 일러야 의발을 받겠는가?"

영신을 시험하는 것이었다. 영신이 즉석에서 여지없이 대답을 해올렸다.

"과연 남방의 정영신이라 하더니 듣던 바 그대로 큰 물건이구만."

한암스님께서도 무릎을 치며 이렇게 시원히 인가를 해주었다.

영신스님에 대한 소문은 전국 방방곡곡 일파만파로 퍼져나갔다. 전국의 큰스님들의 인가가 줄을 이었다. 이때부터 영신 수좌는 법호인 전강스님으로 불리우기 시작했고, 견성오도한 전강에 대한 큰스님들의 대우도 크게 달라지기 시작하였다.

전강스님이 스물 세 살 때 일이었다. 만공스님 회상에 있다가 직지사로 갔더니만 삼십 명 가량 되는 대중들이 전강스님을 법상에 오르라고 청하는 것이었다. 견성했다는 소문을 들었으니 법상에 올라가서 법문을 해달라는 뜻이었다. 하도 올라가라 해서 법상에 올라가기는 올라갔는데 당최 말이 터져나오지를 않았다.

법상 아래에서 큰스님들 법문이나 듣고 있을 적에는 몰랐는데, 처음으로 법상에 올라앉고 보니 입이 딱 얼어붙어 버리는 것이었

다. 방바닥에 빙 둘러앉아서 여럿이 좌담을 할 때는 청산유수였던 뱃심 좋은 전강스님도 삼십여 명의 검은 눈동자가 자기 하나만을 주시하고 있는 법상에 오르자 그만 헛기침만 해대는 것이었다.

전강스님은 이래서는 안되겠다고 떨리는 마음을 가다듬었다.

'에라! 저 법상 아래 있는 대중들은 모두 개미떼들이다.'

아무 말도 못하고 헛기침만 하고 있는 모습에 웅성거리기 시작하는 대중들을 향해 젊은 전강스님은 주장자를 치켜들어 보였다. 그리고는 한마디 척 일렀다.

"이 일은 입만 열면 그르치느니라. 그르치고 그르치지 않는 것은 그만두고 대체 어떤 것이 이 일이냐?"

그때 한 수좌가 좌중에서 일어나 전강스님에게 합장을 하면서 이렇게 대답하였다.

"법당에 켜놓은 촛불이 매우 밝습니다."

"어떤 것이 이 일인지 이 일을 이르라 했지 내가 언제 법당에 촛불 밝은 것을 이르라 했소이까?"

그랬더니 또 다른 수좌가 일어나 말없이 손을 들어 보이는 것이었다.

전강스님은 다시 고개를 흔들었다.

"그르쳤느니라."

그랬더니 다시 또 어떤 수좌가 일어나서 일렀다.

"도화와 오얏꽃이 많으니 도화와 오얏꽃이 없어지면 그때 이르겠습니다."

"허면 그르친 도리를 일렀소이까, 그르치지 않은 도리를 일렀소이까?"

전강스님이 이렇게 되물었더니 더 이상 어느 누구도 대답을 못하였다. 어쨌든 젊은 시절부터 전강스님의 배짱은 아무도 따라올 수가 없었다. 나이는 젊지만 공부하는 수좌들에게는 이미 도인스님으로 통하고 있었다.

이렇게 직지사에서 며칠을 쉬고 있는데 또 목에서 핏덩어리가 쏟아져 나오는 것이었다. 곁에 있던 수좌가 놀라서 전강스님을 부축하였다.

"읍, 으억!"

"아이고! 스님 이게 대체 어쩐 일이십니까요, 예?"

"으윽! 윅!"

수좌는 얼굴이 노래져 피를 토하는 전강스님의 등을 두드리며 어쩔 줄을 몰랐다.

"아이고, 이거 큰일났네! 피를 이렇게 마구 쏟아내시니. 아이구 스님, 스님! 아이고, 안되겠습니다. 어서 빨리 병원으로 가십시다, 예? 스님."

전강스님은 급히 병원으로 옮겨졌다.

"저, 저 스님을 당장 입원시켜야 되겠지요, 의사 선생님?"
그러나 전강스님을 진찰한 의사는 고개를 절레절레 저었다.
"입원을 시켜도 소용이 없습니다."
"예에? 입원을 시켜도 소용이 없다니요?"
"저 스님 병세는 주사로도 고칠 수 없고, 약으로도 고칠 수 없습니다."
"아니, 그러면 영 가망이 없다는 말씀이십니까?"
"영양실조에 걸린 데다가 여기저기 핏덩이가 엉겨 있어서 자연치료에나 맡기는 도리밖에는 달리 방법이 없겠습니다."
"자연치료에 맡기라면……."
"여한이나 없게 먹고 싶은 것 먹도록 하고, 가고 싶은 곳 가보라고 하십시요."
"아니 그러면……."
의사는 고개를 주억거리며 말했다.
"죄송합니다. 어떻게 손써볼 도리가 없습니다."
전강스님은 병원진찰실 침대에 누워서 옆방에서 수좌와 의사가 하는 소리를 다 듣고 있었다. 주사로도 안되고 약으로도 못 고친다고 하니 여한이나 없게 먹고 싶은 것 먹게 하고, 가고 싶은 곳 가게 해라…… 한두 번도 아닌 의사의 이런 대답을 예상치 못했던 것은 아니었으나 안타깝기 그지없었다.

상구보리 하중생이라 이제 겨우 견성을 해서 사나이 대장부 한 소식을 천하에 전해야 할 터인데, 깨달은 도리를 만천하 중생들에게 제대로 전해주지도 못하고 이 세상 떠나나보다 하고 생각을 하니 그동안 신세진 것을 어떻게 다 갚을까 그것이 걱정이었다.
　그러나 은혜만 잔뜩 입은 채 세상을 떠나면 죽어서 소가 되어서라도 갚아야 하는 법. 내가 어째서 그 많은 은혜를 갚지 못한단 말인가. 무슨 일이 있어도 이승에서 입은 은혜는 이승에서 갚고 가야 할텐데…….
　그런데 이런 병에는 온천이 좋다고 모두들 온천욕을 권하는 것이었다. 전강스님은 그 말대로 온천욕이나 한번 해보자 생각하고 걸망을 챙겨 부산 동래를 향했다. 부산에 간 김에 금정산 금정선원에 잠시 들렀는데 기인벽으로 잘 알려진 유담스님이 오랜만에 만났으니 반갑다고 진수성찬을 차려주는 것이었다. 유담스님은 먹고 싶은 것 여한없이 먹으라고 했다니 가릴 것이 뭐가 있겠느냐면서 막걸리까지 받아다 대접에 하나 가득 따뤄주는 것이었다.
　전강스님은 부처님 계율에 어긋나는 일이지만 자신을 생각해서 이렇게 대접하는 정성이 고마워 하는 수 없이 자리에 앉았다. 사실 먼길 오느라 목도 컬컬하던 차에 유담스님이 어찌나 정성을 다해서 따뤄 주는지 '에이, 빌어먹을 이 막걸리가 이 병든 육신의 약이 될지 누가 아느냐' 하는 마음에 막 잔을 들었을 때였다. 문이 벌컥 열

렸다.

"아이고. 이게 대체 무슨 짓들인고! 감히 여기가 어디라고 금정선원에 들어와서 술을 먹어, 술을 먹기를! 거기 냉큼 이 술상 집어치우지 못하겠는가!"

한 노스님이 이렇게 날벼락을 내리는 게 아닌가. 술대접을 내려놓고 바라보니 금정선원 강사스님이었다. 본래 화엄강사로서 계행이 청정한 율사였다. 오십이 넘은 어른이 입술을 덜덜 떨면서 고함을 지르니 죄스러운 생각이 들었다.

그러나 그렇게 꾸중한다고 해서 호락호락 쉽게 물러설 전강스님이 아니었다. 넙죽 절하고 뱃심 좋게 한마디 여쭈었다.

"스님께 참으로 죄송하게 되었습니다. 막걸리 한잔 마시려고 들렀다가 큰스님께 참으로 크게 방망이를 맞았습니다. 하오나 저도 한 가지 여쭐 게 있사옵니다. 상본 화엄경에 일사천하 미진수품이라 했으니 이 술잔은 대체 몇째 품이옵니까?"

"뭐, 뭐, 뭣이라고? 술잔이 화엄경 몇째 품이냐구!"

"어서 일러주십시오. 화엄대강사께서 이거 하나 이르시지 못한데서야 말이 되겠사옵니까?"

"허허 이 사람 이거 참! 세상에 이런 발칙한 사람을 보았는가!"

"기왕에 마시려던 술이니 마시도록 하겠습니다."

강사스님이 도무지 대답을 못하자 전강스님은 아까 도로 놓았던 술잔을 들어 벌컥벌컥 마셔버렸다.
"허허, 세상에 원, 이런 고약한 사람을 보았는가!"
놀란 스님은 문을 닫고 나가버렸다. 술은 전강스님이 마셨는데 얼굴이 빨개진 사람은 노스님이었다. 부처님 법에 술 마시지 말라는 것이 오계 중 하나인데 술을 마시고도 큰소리를 쳤으니 젊은 기분에 주제넘게 굴었던 것이다. 술을 마시려다가 노스님한테 한 방을 맞았으면 '참으로 잘못되었습니다' 하고 참회올리고 공손히 물러나왔어야 그게 바로 수좌다운 수좌의 도리였을 터인데 말이다.

이미 자신은 견성을 했거늘 이 무슨 하찮은 일로 한 방을 놓느냐 하는 건방진 생각이 들었던 것이다. 아만심에 가득 차 있었던 젊은 날의 웃지 못할 일화로 전강스님이 나중에 두고두고 부끄러워했던 일이었다.

15
밥그릇은 깨졌습니다

　부산 동래 금정선원을 떠난 전강스님은 전라북도 부안 내소사의 청련암으로 향했다. 보월스님, 고봉스님과 함께 만공큰스님으로부터 인가를 받았던 당대의 선지식 금봉스님을 찾아뵙기 위해서였다.
　천하의 절경으로 이름난 부안 내소사.
　기름진 호남의 들판에서 시원스레 서쪽으로 쭈욱 뻗은 노령산맥의 크고 작은 여러 봉우리들이 바다를 향해 불쑥 튀어나와 반도를 이루었는데, 이 속에 자리잡은 고색창연한 절 중의 하나가 바로 이 내소사였다. 그 옛날 백제 무왕 34년에 창건된 사찰인데 우리나라에서 풍광이 뛰어나기로 몇 손가락 안에 드는 절이었다.
　이런 천혜의 절경 속에 칩거하고 있는 금봉스님은 담배를 어찌나 즐기는지 근방에 담배도인이라면 속가에서도 모르는 사람이 없을 정도였다. 대중들이 있는 데서도 다른 사람이 싫어하거나 말거나 아무 때건 담배를 끄집어내서 피우는 양반이었다. 주위에서 피우지 말라고 책망을 하면 '그러면 안 먹지' 하고 바로 비벼 꺼버리고는 일 분도 안되어 또 담배를 꺼내는 괴짜스님이었다.

청련암에 당도하니 마침 스님은 긴 장죽을 입에 물고 뜰을 거닐고 있었다. 전강스님은 넙죽 엎드려 인사부터 올렸다.

"허허허. 그래 네가 대체 어디서 온 수좌더냐?"

"예. 이 산 저 산 돌아다니는 정영신이라 하옵니다."

스님은 기억을 더듬듯이 고개를 갸우뚱거리면서 중얼거렸다.

"정영신이라, 정영신이라, 어디서 많이 들어본 이름이로구나."

"만공스님 문하에도 있었고, 보월스님 문하에서도 공부를 했었습니다."

"옳지, 옳지. 네가 바로 견성을 했다고 소문이 자자한 그 영신수좌로구나."

"그렇사옵니다."

"그래, 오기는 잘 왔다만은 그래 대체 이 늙은 중은 무엇하러 찾아왔는고?"

"스님 문하에서 배우고자 찾아뵈었습니다."

"나한테서는 담배 냄새가 지독하게 나서 배울 것이 별로 없을 것이다."

"저는 스님의 도만 보려 하옵고 담배는 보지 않을 것이옵니다."

금봉스님은 전강스님의 막힘없는 대답에 어깨를 들먹거리며 한바탕 큰 소리로 웃더니 시원스레 허락을 내리는 것이었다.

"허허허허. 이 수좌 듣던 대로 보통이 아니구먼. 그럼 어디 한번 있어 보아라."

이렇게 해서 전강스님은 담배도인으로 불리우는 금봉스님과 함께 지내게 되었다. 만공큰스님으로부터 일거에 인가를 받은 선지식이고 보면 금봉스님도 보통스님은 아닌 것이다. 이 금봉스님이 어느 날 전강스님을 척 불러 앉혀 놓고 시험을 하는 것이었다.

"상 가운데 부처가 없고 부처 가운데 상이 없다고 했으니 이 도리를 일러라."

상(相) 가운데는 부처가 없다고 했으니 형상 가운데는 부처가 없고, 부처 가운데는 형상이 없다, 모양이 없다 이런 말인데, 그동안 내노라고 하는 선지식을 다 만나뵙고 대답을 척척 올려서 여지없이 인가를 받았던 전강스님이 어찌 그 물음에 대답을 못했을 것인가.

그러나 영신이 옳게 대답을 일렀는데도 스님은 옳다 그르다 말은 안하고 자꾸자꾸 묻기만 하는 것이었다. 원래 그 스님이 당신 말씀만 끝도 없이 침을 튀겨가며 한없이 계속하는 분이라 어쩔 도리가 없는 분이었다. 그래서 하루는 전강스님이 금봉스님께 여쭈었다.
 "스님께서도 잘 아시겠습니다만 옛날 남전스님 회상에서 동당과 서당이 고양이 한 마리를 가지고 싸웠습니다. 이에 남전스님이 고양이를 붙잡아들고 대중들에게 일렀지요. '대중들이여, 그대들이 바로 이르면 이 고양이를 구할 것이요, 바로 이르지 못하면 이 고양이를 베어버릴 것이다' 하였습니다. 그러나 대중들이 대답을 바로 드리지 못했으니 남전스님은 고양이를 베어 두 동강이를 내고 말았습니다. 나중에 조주에게 이 일을 말하니 조주가 신을 벗어 머리에 이고 나갔습니다. 이 모습을 보고 남전스님이 말씀하셨지요. '자네가 있었던들 고양이를 살릴 뻔하였구나' 하고 말입니다. 이 이야기 아시죠, 스님?"
 "암, 알구말구."
 "그러면 조주스님이 신발을 머리에 이고 나간 도리를 한마디 일러주십시요."
 금봉스님은 여전히 장죽을 빨면서 생각에 잠겨 말했다.
 "그, 그건 말이다 조주가……."
 전강스님은 조금도 기다리지도 않고 금봉스님의 말허리를 잘랐다.
 "그렇게 말씀하시면 이미 틀렸습니다."
 전강스님의 칼로 베는 듯한 단호한 말투에 금봉스님은 물고 있

던 장죽을 빼어들고 소리쳤다.

"뭐, 뭐, 뭣이라구! 뭣이 어쩌고 어째!"

"스님께서 답을 그르쳤단 말씀이옵니다."

"어허! 나 이런! 아니 네까짓 게 대체 뭘 안다고 함부로 입을 놀리고 그러느냐!"

성질이 급한 금봉스님은 젊은 녀석이 대드는 것이 괘씸하여 어쩔 줄을 몰라했다. 전강스님은 벌떡 일어나 숙연한 목소리로 말했다.

"저를 이렇게 업신여기지 마십시오, 스님. 이래 뵈도 큰스님들한테 다 인가를 받았습니다. 제가 잘못 알았으면 스님께 다시 인가를 받아야 할 것이요, 스님께서 보지 못하셨으면 저한테 인가를 얻어야 할 것입니다. 깨달음을 얻는데 선참 후참이 어디 있단 말씀이시옵니까?"

금봉스님은 앞뒤 조리가 선 젊은 전강스님의 말을 듣자 조금씩 언짢은 기색이 수그러들었다.

"그, 그으래. 그건 네 말이 맞다."

"그러니 스님, 조주스님이 머리에 신발을 얹고 나간 도리를 스님과 제가 격외로 일러놓고 함께 탁마해 보는 게 어떻겠습니까?"

"그래, 좋다. 어디 한번 해보자. 네가 먼저 일러 보아라."

이십대의 새파란 후배가 큰스님에게 그런 당돌한 말을 여쭙는 것은 참으로 전무후무한 일일 것이었다. 젊은 전강스님의 패기와 배짱도 높이 살 만하거니와 그 도전을 선선히 응낙한 금봉스님의 그릇도 범인의 그것으로는 감히 비교할 수 없는 것이었다.
"쥐가 고양이 밥을 먹었습니다."
"틀렸으니 다시 일러라."
"밥그릇은 깨졌습니다."
"허허허허. 네가 아주 제법이구나 그래. 영신이가 아주 한소식을 해도 시원하게 했어."
금봉스님은 이렇게 아낌없이 인가를 해주었다. 그리고 훗날 금봉스님이 해인사 조실로 가게 됐을 때 이렇게 말했다.
"내가 무엇하러 해인사 조실로 가는 줄 아느냐. 바로 저 영신이, 전강이를 해인사 조실로 모셔가려고 그래서 내가 해인사로 가는 거야."

그러나 천혜의 절경을 자랑하는 내소사의 맑은 공기 속에서도 전강의 병은 또다시 재발하고 말았다. 시도 때도 없이 울컥울컥 목구멍에서 피가 쏟아져나왔다. 젊은 전강스님과 선문답을 나누며 시험해보던 금봉스님은 여지없이 인가를 해주었고, 이제 전강스님의 견성은 의심할 것이 없는 경지에 올라 있건만 좀처럼 병세는 물러설 줄을 모르는 것이었다.
법의 경지는 막힘없이 솟아오르건만 아, 이 육신의 병은 발을 잡

아 묶는구나. 수행자는 금강경도 버려야 한다고 했던가. 전강스님은 이윽고 산꼭대기의 사나운 사방풍에 에워싸인 듯한 절대고독 속에 휩싸이고 있었다.

'가자! 떠나자! 덧없는 인간사, 이 몸뚱어리에 대한 애착을 끊어 버리고 그 어느 쪽으로든 물처럼 흐르자.'

전강스님은 금봉스님과 작별한 뒤 다시 먼길을 떠났다.

어느덧 발길은 경상도 의성 고운사에 이르렀다. 고운사는 아담하고 고아한 멋을 풍기는 절이었다. 사월의 따사로운 햇볕이 내려쬐이는 절마당엔 형형색색의 봄꽃이 흐드러지게 피어 있었다. 고운사에 행장을 푼 전강스님은 누각에 올라가서 파릇파릇 연초록 싹이 움터오는 버드나무를 하염없이 바라보았다.

그러다 자신도 모르게 시 한 수를 저절로 읊게 되었다.

내 일찍이 직지하에 있다가
지금 고운 누각에 오르니
낮 꾀꼬리 울고, 밤 두견새 우느니라
이것이 바로 가르친 도린가, 잘못 가르친 도린가

누각에 올라가 목침을 베고 누우니 파란 봄하늘이 눈이 시도록 꽉 차 올랐다. 깊은 허무에 침잠해 있던 전강스님의 마음이 느긋이

가라앉았다. 화려하지도 크게 눈에 거슬리는 것도 없는 고운사 경치가 마음에 쏘옥 들었다. 다시 한번 금당에 들어가 진실로 자기 자신을 응시하며 도를 닦아보고 싶은 생각이 우러나왔다.
　그러나 쉬임없이 쏟아져나오는 핏덩이.
　중증이었다. 아무래도 오래 살기는 틀린 일이 아닐까 싶었다. 죽는 것은 두렵지 않으나 훌륭한 선지식이나 원없이 만나보고 가기가 소원이었다. 이것도 또 하나의 애착일까.
　다시 걸망을 챙겨들고 서울로 올라갔다. 백용성 스님을 다시 한번 뵙기 위해서였다. 대각사에 갔더니 용성스님은 도봉산 망월사 선방에 계시다고 했다. 전강스님은 걸음을 재촉하여 망월사로 향했다.
　용성스님은 망월사에 당도한 젊은 전강스님을 보고는 그 수척한 모습에 놀라 입을 다물지 못하였다. 용성스님은 전강스님이 스님 앞에 나아가 큰절을 올리려는 것을 황황히 말리더니 말없이 손을 꼭 잡아주었다.
　"스님, 그동안 편안히 잘 지내셨습니까? 영신이가 문안드리옵니다."
　"영신아. 영신이가 대체 어쩌다가 이 지경이 되었단 말이더냐."
　"죄송하옵니다."
　"병도 잘 다스려야 하느니 이대로 두면 장차 큰일을 당할 것이니라."

"너무 염려하지 마십시요, 스님. 스님 문하에서 며칠 쉬면 좋아지겠지요."

"어허. 이거 예삿일이 아니다. 어서 가서 편히 쉬도록 해라."

용성큰스님은 전강스님을 무척이나 아끼었다. 용성스님은 그날로 산을 내려가시더니 인삼백합탕을 지어다가 손수 달여왔다.

"영신아, 내가 직접 가서 지어온 약이다. 어서 먹고 병을 이겨야 한다."

"고맙습니다, 스님."

그러나 용성큰스님이 정성으로 지어다 달여주신 인삼백합탕도 효험이 없었다.

"이거 아무래도 안되겠구만! 어서 나와 함께 병원으로 가자."

용성스님은 손수 전강스님을 데리고 서울 종로에 있는 백용남 의원으로 데리고 갔다. 의사는 전강스님을 이리저리 진찰해 보더니 보호자격인 용성큰스님을 불렀다.

"그래, 저 수좌 병세가 어떻소이까?"

의사가 머뭇거리자 답답해진 용성큰스님은 의자를 바짝 당겨앉으며 먼저 말을 꺼냈다.

"너무 쇠약한데다가 모든 장기가 제 기능이 아닙니다."

"아니, 그럼 입원을 해서 수술을 해야 한단 말씀이시오?"

의사는 잠시 뜸을 들이다가 마른침을 꿀꺽 삼키고는 말을 이었다.

"저 말씀드리기 죄송합니다만 저 스님의 병은 의술이나 약으로는 고칠 수 없습니다."

"의술이나 약으로 고칠 수가 없다면 대체 어찌하란 말씀이시요?"

노스님이 재촉하며 묻자 의사는 슬그머니 스님의 눈길을 외면하면서 속삭이듯 조그맣게 말했다.

"오래 살지는 못할 것입니다."

"오래 살지 못한다니요?"

"잘 먹이고 편히 쉬고 산좋고 물좋은 곳에나 가 있으라고 그러십시요."

"이것 보시요, 백 박사! 저 수좌는 보통 수좌가 아니요. 도를 통한 도인이란 말이요. 저 나이에 죽게 내버려둘 수는 없는 일이니 어떻게든 살려주시오."

"죄송합니다, 스님. 여기저기 혈관이 터져서 어디나 손을 댈 수가 없습니다. 솔직이 현대의학으로도 저런 병이 왜 발병하게 됐는지 그 원인조차 짐작할 수 없으니 대체 어떻게 치료를 한다고 나설 수 있겠습니까?"

용성스님은 목이 메이고 말았다.

"그러면 결국……산좋고 물좋은 곳에 가서 지내다가 세상 떠나라 그런 말씀이시오?"

"도와드리지 못해서 송구스럽습니다, 스님."

노스님의 탄식어린 말에 면구스러워진 의사가 고개를 떨구었다. 용성스님은 하얗게 회를 칠해놓은 천장을 바라보며 눈을 감았다.

"나무아미타불 관세음보살, 나무아미타불 관세음보살……."

전강스님은 도봉산 망월사에서 용성큰스님을 하직하고 다시 남쪽으로 길을 떠났다. 산모퉁이를 돌아 내려가던 전강스님이 파리한 얼굴을 돌려 노스님께 억지로 웃어 보이자 용성스님은 그만 콧등이 시큰해졌다. 이제 떠나면 저 눈만 퀭하게 커다란 영신의 얼굴을 다시는 보지 못할 것 같은 생각이 들었던 것이다.

용성스님이 단 며칠이라도 더 쉬었다가 기력을 찾거든 그때 떠나라고 붙잡았으나 전강스님은 말을 듣지 않았다. 스님에게 걱정을 끼쳐가며 더 이상 머무를 수가 없었던 것이다. 코에서 입에서 나오는 피도 피지만 나중에는 머리 뒤꼭지가 터져가지고 여기저기 피가 쏟아져 나왔다. 상심한 스님 얼굴을 바라보기도 죄스러웠다. 게다가 혹시라도 큰스님 회상에서 먼저 죽으면 그것도 도리가 아니었다.

그러나 어디로 갈 것인가. 발길 닫는 대로 쉬엄쉬엄 가다보니 의성 고운사였다. 고운사 주지 만우스님은 변함없이 전강스님을 반겨주었다.

"잘 오셨네, 잘 오셨어. 아, 이 몸을 해가지고 운수행각을 어떻게 할 것인가 그래."

"죄송합니다, 주지스님. 다시 고운사로 왔습니다."

"어허! 왜 그런 섭섭한 소리를 하시는가. 아무 염려 마시고 편안히 잘 쉬시게. 아무리 허망한 육신이라고는 하지만, 육신이 있고서야 중생제도도 가능한 것이니 아무쪼록 섭생을 잘하도록 하시게."

"정말 염치없지만 객실 신세를 좀 지겠습니다."

객실쪽으로 휘적휘적 걸어가는 전강스님을 만우스님이 황망히 붙들었다.

"아, 아닐세, 이 사람아. 객실은 무슨 객실인가. 두말하지 말고 비로전으로 가시게."

"비로전으로 들라니요, 스님?"

"비로전에는 시주도 좀 들어오는 게 있으니 그 시주로 뭐든 입에 닿는 건 마음대로 사먹도록 하게. 고기든 뭐든 약으로 먹으면 상관없는 게야. 자, 어서 비로전으로 가세."

"고맙습니다, 스님. 정말 고맙습니다."

인정 많은 만우스님은 젊은 전강스님에게 자비로운 보살핌을 베풀었다. 틈틈히 비로전에 들러 고기도 사먹고 약도 지어다 먹으라고 단단히 당부까지 하였다. 그러나 전강스님은 도저히 그럴 수가 없었다. 아무리 약으로 먹으면 괜찮다지만 어찌 청정대중이 모여

있는 법당에서 고기를 먹을 수 있단 말인가. 수행자된 도리로 그건 안될 일이었다.

　가끔씩 근방에 대사 치르는 집이 있으면 내려가 돼지고기고 생선이고 주는 대로 받아 먹기는 하였다. 그러고 나서 절간에 들어올 적에는 입에서 고기냄새가 나면 어쩌나, 비린내가 나면 어쩌나 그게 죄스럽고 미안해서 소금으로 입을 몇 번씩 양치질하였다. 그러고도 부끄러워서 수좌들 얼굴을 똑바로 쳐다볼 수가 없었다.

　게다가 뒤통수의 상처 때문에 전강스님은 머리도 깎지 않고 지냈는데, 헌 누더기에 풀어헤친 머리카락하며 영락없는 거지꼴이었다. 속 모르는 사람들은 전강스님이 지나가면 힐끗힐끗 바라보면서 '저게 중이야, 거지야?' 하였다.

16
소가 마시면 젖이 되고
독사가 마시면 독이 되고

그렇게 고운사에서 지내던 어느 날, 전강스님은 큰절에 내려갔다가 괴짜 하나를 만났다. 차력술인지 신통술인지를 하는 사람인데 가만 보니 힘깨나 쓰게 보였다. 아무튼 이 괴짜는 자기는 아무리 단단한 목침이라도 손으로 가볍게 분질러버릴 수 있고, 지나가는 기차도 자기가 뒤에서 딱 잡아당기면 끌려온다는 등 요란하게 허풍을 떨고 있었다.

어찌나 입에 침도 안 묻히고 거짓말을 하는지 하나둘씩 모여든 고운사 스님들이 정신을 쏙 빼놓고 듣고 있었다. 스님들이 넋이 빠져 듣고 있자 신바람이 난 이 위인은 자기 손가락으로 한번 튕기기만 하면 절간보다도 더 큰 바위가 그냥 날아가버린다며 시범을 보이기 위해 바둑돌 몇 알을 꺼내었다. 전강이 가만히 보니 이 사람이 신통술이 좀 있기는 한 모양이었다. 바둑돌 몇 알을 손 안에 올려놓고 한 손으로 비비적거리니 그 단단한 게 금세 가루가 되는 것이었다.

모여섰던 그 많은 대중들이 너나없이 눈이 휘둥그래져 가지고 넋을 빼앗기고 있었다. '이대로 놔뒀다가는 참선 공부하던 수좌들이 모두 다 저자의 제자가 되어버리겠다' 하는 생각이 들었다. 전강스님이 벽력같이 외치며 썩 나섰다.

"너 이놈! 네가 사람을 속여도 분수가 있고, 천하를 속여도 정도가 있어야지. 어찌 감히 정법도량에 들어와서 요망한 짓으로 수행자들을 속이려 한단 말이냐?"

고함소리에 놀란 괴짜가 잠시 멍하니 서 있다가 자기 앞에 나선 전강스님의 말라빠진 몰골을 위아래로 훑어보고는 같잖다는 표정으로 소리쳤다.

"야, 이 삐쩍마른 중 녀석아! 내가 손가락으로 한번 튕겨버리면 너는 저 산 너머로 날아가버린다."

모여선 사람들이 긴장된 표정으로 주춤주춤 뒤로 한발짝씩 물러나며 괴짜의 행동을 예의 주시하고 있었다. 전강스님이 앞뒤 재지 않고 달려들었으니 앞으로 무슨 일이 일어날지 뻔하다는 듯 우려의 속삭임이 끊이지 않았다. 설령 그 괴짜가 엉터리 차력사라 해도 수

　수깡같이 야윈 전강쯤은 손가락 하나로도 튕겨버릴 수 있을 성싶었다. 그러나 전강스님은 두려워하는 빛도 없이 오히려 괴짜 앞으로 한 걸음 더 다가섰다.
　"그래? 어디 한번 나를 튕겨보아라. 하늘도 나를 어쩌지 못하고 항우장사도 감히 나를 어쩌지 못할 것이다."
　손으로 바둑알을 연이어 바수며 은근히 완력을 과시하던 괴짜는 가소롭다는 듯이 픽 웃으며 말했다.
　"아니 어째서 너를 어쩌지 못한다는 거냐, 응?"
　"나는 나를 믿고 나를 찾은 사람, 이미 나를 깨달은 사람이다. 하늘이나 땅이나 삼라만상이 나한테서 나온 것이니 천지간에 무서울 것이 무엇이 있겠느냐?"
　기고만장하던 괴짜의 안색이 차차로 핼쑥해지더니 이렇게 겨우 한마디 물었다.
　"호, 혹시, 당신이 여, 영신?"
　"그렇다. 바로 내가 정영신이다."
　괴짜는 한순간에 얼굴이 하얗게 질려버렸다.
　젊은 나이에 도를 통했다는 도인스님. 천하의 고승들까지도 혀를 내두르게 만들었다는 영신스님! 이 도인스님 이야기는 장돌뱅이들이나 자기와 같은 떠돌이들 사이에서도 소문이 나 있던 터였다.
　갑자기 사색이 되어 벙어리가 된 괴짜 앞으로 전강스님이 다시 한 걸음 다가섰다.
"내가 그 정영신이니 어디 한번 손가락으로 튕겨보아라."
"아, 아, 아닙니다요! 도인스님을 튕기다니요? 그냥 농담 한번 해본 것 가지고 뭘 그러십니까요. 헤헤헤! 스님, 우리 한번 잘 지내봅시다요, 예? 헤헤헤!"
괴짜는 손사래를 치며 뒤로 물러서면서도 헤헤거리며 적당히 눙치려 들었다. 허풍과 거짓말에 닳고 닳은 자였다.
"너 이놈! 당장 이 정법도량에서 나가지 못하겠느냐!"
"아, 알았습니다요, 스님. 아, 알았다구요!"
전강스님의 마지막 일갈에 괴짜는 뒤도 안 돌아보고 꽁무니를 뺐고 이 광경을 처음부터 끝까지 바라본 사람들은 전강스님의 두둑한 배짱에 감탄했다. 소문은 꼬리에 꼬리를 물고 절 밖에까지 퍼져나갔다.
그런데 원수는 외나무 다리에서 만난다고 하더니만, 전강스님이 고운사를 하직하고 물처럼 구름처럼 정처없는 나그네길에 나섰을 때 다시 그 괴짜와 부딪쳤다. 안동 영회루에서 쉬고 있을 때였다. 그 차력술인지 신통술인지 눈속임을 하던 그 사람이 그곳에 또 나타난 게 아닌가. 바둑돌을 비벼 가루로 만들던 괴짜고 보니, 혹 자신에게 무슨 해꼬지라도 하지 않을까 은근히 걱정이 되었다. 사실 힘으로야 어떻게 그 자를 당해낼 수 있겠는가.

못 본 척 그대로 지나가려고 하는데 괴짜가 전강스님을 알아보고 반색을 하는 것이었다. 괴짜는 솥뚜껑 같은 손으로 와락 전강스님의 손을 붙잡고 흔들었다.

"아, 아, 아이고 이거! 아 여기서 스님을 또 만나게 되었습니다그려."

"나를 알아보시겠는가?"

전강스님은 슬며시 손을 빼며 점잖게 대꾸했다.

"아, 그러문요. 손가락 하나 까딱하지 않고 한 입에 저를 박살낸 바로 그 스님 아니십니까?"

"그래서 내 뒤를 밟아 따라오기라도 했단 말인가?"

"아, 아닙니다요, 스님. 그때는 제가 몰라뵙고 실례가 많았습니다요. 절에서 만나고 또 여기서 만나게 되었으니 이것 또한 인연 아니겠습니까? 절 따라오시지요."

괴짜는 다짜고짜 전강스님의 옷자락을 잡아끄는 것이었다. 난처하였다.

"아니 따라오라니! 어디를 따라오라는 말이신가."

"아, 불가에서는 그 옷자락만 스쳐도 전생의 인연이라는데, 두번씩이나 만났으니 이 얼마나 깊은 인연입니까? 아무 소리 마시고 저를 따라오십시오. 자, 자, 가시자구요!"

하는 수 없이 그 사람이 이끄는 대로 따라간 곳은 안동 읍내에서도 유명하다는 음식점이었다. 괴짜는 들어가자마자 푸짐하게 밥 한 상을 시키는데 밥상에 올라온 반찬 가짓수만 해도 스무 가지가 넘는 것이었다.

'에라, 뒤는 어떻게 되든지 간에 먹고나 보자. 시장하던 차에 이게 모두 약이다'라고 편안하게 생각하고 가리지 않고 잘 먹었다. 허리춤을 풀어놓고 밥 한상 배불리 잘 먹고 났더니 그 괴짜 하는 수작이 또 걸작이었다.

"이것 보십시오, 스님."

"왜 그러시는가?"

"스님하고 저하고 함께 다니면 어떻겠습니까?"

"함께 다니자니!"

"저에게는 무서운 차력술이 있고, 스님에게는 한마디로 사람을 박살내는 도력이 있으니 스님과 제가 함께 다니면 밥도 잘 먹고 돈도 벌고 얼마나 좋겠습니까? 문자를 쓰자면 일거양득이라고나 할까요? 헤헤!"

이 괴짜가 자신에게 선심을 베푼 연유가 바로 여기에 있었던 것이다. 전강스님은 쓴웃음을 지으며 말했다.

"함께 다니면 밥도 잘 먹고 돈도 잘 벌겠다?"

"그렇습죠!"

괴짜가 신이 나서 맞장구를 쳤다. 전강스님은 좋은 소리로 타일

렸다.

"이것 보시게."

"예, 말씀하시죠, 스님."

"부처님이 이르시기를 똑같은 물도 소가 마시면 젖이 되고, 독사가 마시면 독이 된다고 하셨네."

"아니, 소가 마시면 젖이 되고 독사가 마시면 독이 된다?"

"그 좋은 힘, 좋은 일에 좋게 써서 중생들을 좋은 길로 교화하는 데 쓰도록 하시게."

"하하하하. 좋은 말씀이십니다요! 그러니 저하고 함께 다니도록 하십시다, 스님. 저는 차력술로 사람을 모으고 스님은 설법을 해서 사람들을 교화시키고, 어떻습니까요?"

도저히 좋은 말로는 통하지 않는 사람이었다. 전강스님은 걸망을 챙겨들고 벌떡 일어나며 단호히 말했다.

"사람마다 갈 길이 다른 법, 그대가 갈 길이 따로 있고 내가 갈 길이 따로 있으니 그만 여기서 헤어지세나."

괴짜는 엉거주춤 따라 일어서며 안타깝다는 듯이 말했다.

"아이고, 스님! 저하고 같이 가시자니까요. 예, 스님?"

그러나 전강스님은 이미 문을 열고 나간 뒤였다. 문 밖에서 전강의 호쾌한 목소리가 들려왔다.

"밥 한상 푸짐하게 잘 먹었네!"

그 괴짜가 따라오거나 말거나 뒤도 돌아보지 않고 전강스님은 길을 재촉했다. 안동을 벗어나 굽이굽이 산길을 걸어 사불산에 들렀다가 오대산으로 올라갔다. 월정사까지 가는 데 한 보름쯤 걸렸을까. 얻어먹다가 굶다가 머슴방에서 자기도 하고, 어떨 때는 한뎃잠을 자기도 했다. 운수행각이라고 하는 게 글자 그대로 떠다니는 구름 같고 흐르는 물 같은 것이었다.

월정사에 당도한 날 밤이었다.

오대산에는 중대, 서대, 북대가 있는데, 서대에 있는 토굴에서 도를 닦고 있다는 한 수좌가 전강스님더러 들으라는 듯이 비꼬아 말했다.

"요새 견성했다는 사람들은 주먹이나 들어서 사람들에게 보이면서 도인인 척하고 다니더라고요!"

가만히 듣고 있을 전강스님이 아니었다. 대성일할 법문 한마디로 코를 납작하게 만든 뒤 그길로 월정사를 나와버렸다. 다음날 중대에 들렀는데 스님 한 분이 야무지게 수행을 하고 있었다. 그런데 그 스님은 양식이 없어 혼자 나물죽을 쑤어먹는 게 아닌가. 그 모습을 보니 단 한 끼니인들 거기 빌붙어 나물죽을 축낼 수가 없었다. 배가 아파서 아무것도 먹을 수가 없다고 거짓으로 둘러댄 뒤 전강스님은 북대로 향했다.

하루종일 먹은 것도 없이 산을 오르니 배가 고파서 숨도 제대로

못 쉴 지경이었다. 게다가 북대에만 올라가면 식은밥 한덩이라도 얻어먹을 줄 알았는데 암자는 텅 빈 채 거미줄만 쳐 있는 것이었다. 눈앞이 아득했다. 깊고 깊은 산중에서 비까지 억수로 퍼부어댔다. 눈앞이 노래지면서 현기증이 나는데 사지에 기운이 빠져 다리가 후들후들 떨렸다.

여기서 영락없이 죽는구나 싶었다. 전강스님은 이를 악물며 허기진 몸을 이끌고 신배령을 넘기 시작했다. 신배령을 넘어가면 명주사가 있으니 그 곳에서 며칠 쉬어갈 작정이었다. 그러나 한번도 가본 일이 없는 초행길인 데다가 사람이 별로 다니지 않는 길이고 보니 얼마 가지 않아서 그만 길을 잃고 말았다.

산중에서 날은 또 금세 캄캄해지니 앞이 아득하였다. 그때만 해도 오대산에 곰이 득실거리고 호랑이가 우글우글할 때였다. 멀리 짐승 울음소리가 들려올 때마다 머리털이 곤두서고 온몸에 소름이 쫙 끼쳤다.

전강스님은 젖먹던 힘까지 쥐어짜서 허우적거리며 산을 내려오고 있었다. 반쯤 내려왔을까. 하도 숨이 차서 나무등걸에 기대어 잠시 숨을 돌리고 있는데 저 아래 산 밑에서 무슨 불빛이 번쩍 하고 보였다.

'저것이 도깨비불인가, 귀신불인가, 아니면 사람사는 불빛인가.'

전강스님은 수상한 생각이 들면서도 산중에서 헤매던 끝에 처음

보는 불빛이라 반가운 마음이 앞서 넘어지고 미끄러지고 구르고 하면서 그 불빛이 보이는 곳을 찾아 내려갔다. 한참을 정신없이 내려가다 보니 조그만 통나무집이 어슴푸레 드러나는 거였다. 거기서 호롱불빛이 새어나오고 있었다. 전강스님은 마지막 희망을 그 통나무집에 걸고 사력을 다해 걸어 내려갔다.

"여보시오, 여보시오!"

전강스님은 갈라진 목소리로 문 앞에서 소리쳤다. 그러나 빗소리만 요란할 뿐 안에서는 아무런 대답이 없었다. 전강스님은 문을 두드리기 시작했다.

"여보시오, 여보시오! 주인장 계십니까? 여보시오!"

"누, 누, 누구시오?"

한참만에야 겁에 질린 늙은이의 목소리가 안에서 흘러나왔다. 오랜만에 사람 목소리가 들려오자 전강스님은 이제는 살았구나 하는 안도감이 들었다. 있는 힘을 다해 다시 한번 소리쳤다.

"길을 잃어서 그러니 좀 들여보내 주시오!"

잠시 후 늙은 영감 한 분이 호롱불을 들고 문을 빠끔히 열더니 떨리는 목소리로 외쳤다.

"귀신이면 썩 물러가고 사람이면 앞으로 썩 나서시오."

전강스님은 한 발짝 앞으로 다가서며 큰 소리로 말했다.

"예. 나 월정사에서 신배령을 넘어온 중이올시다."

"스님이시라구요?"

"예. 그렇소이다."

주인 영감은 신배령을 넘어왔다는 전강스님의 말에 깜짝 놀라며 말했다.

"아유, 원 세상에! 스님 혼자서 이 밤중에 저 험한 신배령을 넘어오셨단 말씀입니까요?"

"예. 그, 그만 사, 산속에서 길을 잃어 헤맸습니다."

정신없이 산을 내려올 적에는 몰랐는데 가만히 서 있으려니 춥고 떨려서 이가 딱딱 부딪쳤다.

이때 천지가 진동하는 듯한 천둥이 꽝 하고 산을 흔들었다.

"아이쿠! 어서, 어서 들어가십시다요, 어서요!"

"예. 고맙습니다, 주인장."

전강스님은 주인 영감을 따라 집 안으로 들어갔다. 알고 보니 산을 개간하여 먹고 사는 화전민의 집이었다. 친절한 주인 영감은 새파랗게 질린 전강스님의 입술을 보더니 자기의 헌옷을 내주며 갈아입으라 하였다.

"저……주인장. 혹 먹다 남은 거라도 요기할 게 있으면 좀 주시겠소?"

전강스님은 어떻게나 지치고 허기가 지던지 염치고 체면이고 차릴 형편이 아니었다.

"내 그러지 않아두 집사람한테 미리 일러놨으니 조금만 기다리시오."

잠시 후 뜨끈뜨끈하게 김이 오르는 삶은 감자가 바가지에 수북하게 담겨 나왔다. 전강스님은 그 뜨거운 감자를 정신없이 먹었다. 세상에 태어나서 그렇게 맛있게 먹은 감자는 처음이었다. 정말 꿀보다도 더 달았다. 요즘 사람들이야 감자 한 알 고구마 한 개 하찮게 보기 일쑤지만 그때만 해도 감자 한 알이면 점심 끼니를 넉넉히 때울 귀한 양식이었던 것이다.

운수행각을 하던 시절의 전강스님은 결코 한 곳에 오래 머무는 일이 없었다. 오대산 깊은 산중 화전민의 너와집에서 며칠을 쉰 다음 스님은 설악산을 거쳐 다시 금강산으로 들어갔다.

금강산 일만이천봉의 이름이 각각이요, 연못마다 절경마다 그 이름들이 또한 제각각인데 특히 명산절경에는 불교적인 이름이 많았다. 우선 금강산의 금강은 금강경에서 따온 이름이요, 비로봉도 불교식 이름이요, 업경대며 마하연이며 그 이름이 죄다 불교에서 따온 것이니 이 나라 이 땅 어느 곳 한 군데도 불교와 연관되지 않은 곳이 없었다. 팔도강산 골골마다 산봉우리 이름은 다 불교에서 따온 것이니 그만큼 우리나라가 온통 부처님법으로 뒤덮힌 셈이었다.

산봉우리 뿐만 아니라 사람들이 쓰고 있는 말 가운데에도 불교

에서 나온 말이 상당히 많다. 사람들이 와글와글 모이면 야단법석이 났다고 하는데 이것도 다 불교와 연관된 용어였다.

  옛날에 스님 한 분이 걸망을 짊어지고 들길을 휘적휘적 걸어갔다. 그 때 들판에서 일하던 농부 하나가 스님 뒤를 쫓아가서는 스님 옷자락을 꽉 붙잡고 법문 한마디를 들려주십사 통사정을 했다. 스님의 허락이 내리자 농부는 들판에 흙을 높게 쌓아서 법석을 마련하였다. 교단이나 절의 법상처럼 들판에다 단을 쌓고 스님이 법을 설할 자리를 만든 것이다. 말하자면 '야단법석(野壇法席)'이다.

  이 '야단법석'을 만들어 놓고 스님이 법문을 한다 하면 인근 들판에서 일하던 농부들이 너도나도 모여들어서 사람들이 와글와글 하였다. 그래서 사람이 많이 모여들면 무슨 '야단법석이 났냐' 이런 말을 하게 되었던 것이다. 불교가 얼마나 일반 백성들의 생활에 깊이 침투하여 같이 호흡하며 함께 생활하였는가를 보여주는 말이라 할 수 있겠다.

17
어느 것이 그대의 별인고?

전강스님이 금강산 마하연에 당도해 보니 만공큰스님은 이미 떠난 뒤였다. 기왕 금강산에 온 김에 전강스님은 용담스님이 머물고 있다는 보덕굴을 찾아갔다. 전강스님과 같이 공부한 적이 있는 용담스님은 아주 열심히 공부하고 있었다. 전강스님이 보덕굴에 나타나자 용담스님은 입을 떡 벌리고는 한심스럽다는 듯 전강스님을 쳐다보았다.

"안녕하셨는가?"

전강스님이 인사를 건네는데도 용담스님은 기가 막히는지 대꾸도 하지 않았다. 머리는 길 대로 길어서 산발을 했지, 옷은 거지옷이지, 이건 도무지 중의 행색이 아니었던 것이다.

"아니 영신 수좌! 이게 대체 무슨 꼴이란 말인가?"

"내 꼴이 뭐가 어떻단 말인가?"
 전강스님은 태연하게 웃으며 용담스님의 말을 받았다.
 "원 세상에, 머리는 길어서 산발하고 누더기 옷에 수건을 뒤집어 쓰고. 아니 그래, 이게 중의 행색이란 말인가?"
 "다 그럴만한 사정이 있어서 그렇게 됐네."
 "사정은 무슨 놈의 사정! 공부 좀 했다고 도인인 척 이 따위로 머리나 길러서 다니는 거지."
 "글쎄, 그게 아니라니까 그러네."
 "변명할 것 없네. 이렇게 괴상한 행색에 괴상한 짓이나 하고 다 닐려면 차라리 중 노릇 그만두도록 하게."
 용담스님이 계속 못마땅한 표정으로 질책하자 전강스님은 더 이상 군말을 하고 싶지 않았다.
 "변명은 않겠네마는……."
 "중 노릇 제대로 하려면 이 더러운 머리칼부터 잘라야겠어. 자, 내가 잘라주겠네."
 "자르고 싶으면 자르도록 하게."
 전강스님의 도반이었던 용담스님은 큰 가위를 들고 전강스님의 머리칼을 사정없이 잘라내기 시작했다. 전강스님은 아무 소리도 하지 않고, 옛 도반이 하는 대로 몸을 맡겼다. 그런데 한창 가위질을 해나가던 용담스님은 문득 가위질을 딱 멈추었다.

"아니, 이 사람. 머리 뒤꼭지에 웬 상처가 이리도 많은가?"
"핏줄이 터져서 그렇다네."
"아니, 그럼 이 사람!"
"요새도 목구멍에서 핏덩이가 나오고 있다네."
"어허! 그러고 보니 이 사람 안색이 말씀이 아니구만 그래. 자네! 그 누더기부터 홀랑 벗어버리고 옷부터 갈아입게."

용담스님은 전강스님의 거지옷을 강제로 벗기고 새옷으로 갈아 입혔다. 그리고는 안쓰러운 표정으로 전강스님을 타이르듯이 말했다.

"이것 봐! 몸도 좋지 않다면서 떠돌아 다니지 말고 여기서 푹 쉬며 나하고 함께 지내세."

그러나 운수행각중인 수행자가 머물 곳이 어디며 쉴 곳은 또 어디겠는가. 이튿날 새벽 용담스님이 잠에서 깨어나기도 전에 전강스님은 온다 간다 말 한마디 없이 걸망을 챙겨들고 금강산을 떠났다.

스물 세 살의 젊은 나이에 깨달음을 얻은 전강스님은 이렇게 운수행각을 하며 당대 선지식을 한 분 한 분 직접 찾아뵈었다. 혜월, 혜봉, 한암, 용성, 보월, 고봉, 금봉스님으로부터 직접 인가를 받았고 덕숭산 정혜사 만공스님으로부터는 전법게를 받았다.

만공스님으로부터 전법게를 받은 사연은 이러했다.

전강스님이 스물 다섯 살이 되어 덕숭산 금선대에 머물고 계신 만공스님을 찾아갔을 때의 일이다. 만공스님은 전강을 한번 쳐다본 뒤 이렇게 말했다.

"무슨 물건이 이렇게 왔어?"

전강스님은 서슴없이 주먹을 불끈 쥐고 들어보였다. 만공스님은 혀를 차며 조롱하듯 말했다.

"허! 저렇게 주제넘은 사람이 견성했다고 해! 네가 이게 무슨 짓이냐?"

만공스님은 그 다음부터 전강스님을 보기만 하면 그때 일을 되뇌이며 비웃었다.

"저 사람, 저런 사람이 견성을 했다 하니 말세 불법이라도 이럴 수가 있는가?"

그러는 것도 한두 번이지 차츰 불안해지다가 전강스님은 분심이 나기 시작했다. 선지식이 저럴 때에는 반드시 깊은 까닭이 있으리라. 전강스님의 몸은 쇠약할 대로 쇠약해서 핏기가 하나도 없고 제대로 앉지도 못할 정도로 비쩍 말라 있었다. 전강스님은 절마당에 있는 운동대를 붙잡고 몸을 단련하다가 불현 듯 결심했다.

'에라! 한 번 해봐야겠다. 이까짓 놈의 몸은 하다가 죽으면 그뿐이지!'

전강스님은 만공큰스님을 믿고 그 회상에서 하안거 용맹정진에

들어갔다. 그러다가 반철이 지날 무렵, 홀연히 깨닫고는 다시 만공스님을 찾아갔다.

만공스님은 제자 초안으로 하여금 주장자로 바닥에 동그라미 하나를 그리게 하였다.

"입야타 불입야타(入也打 不入也打). 들어가도 치고 들어가지 아니해도 친다. 어찌 하겠느냐?"

이래도 죽고 저래도 죽는다는 것이었다. 그러나 전강스님은 곧바로 대답을 해올렸다.

만공스님은 전강스님의 대답을 듣고 만족스러운 듯 고개를 끄덕끄덕하여 인가를 해주었다. 그동안 참구하다 막힌 판치생모 화두를 타파함으로써 확철대오의 경지에 든 전강스님은 드디어 스물 다섯 살에 만공스님으로부터 인가를 받은 것이었다. 이로써 전강스님은 경허, 만공으로 이어지는 덕숭선맥을 잇게 되었다.

그러나 전강스님은 참선만이 개오에 이르는 첩경임을 고집하지는 않았다. 온몸으로 부딪치는 만행과 열정적인 구도적 삶을 통해서 마침내 개오에 이르게 된다는 것을 그의 전생애를 통해서 보여주고 있는 것이다.

만공스님으로부터 인가를 받은 지 며칠이 지난 어느 날 밤, 스승과 제자는 뜰을 거닐고 있었다. 낙엽이 모두 져 나무들은 앙상하게 뼈대만 남기고 있었다. 달과 별이 유난히 밝아 섬뜩한 기분마저 들었다. 한참 동안 별 밝은 하늘을 바라보고 있던 만공스님이 먼저 입을 열었다.

"이것 보게, 전강."

"예, 스님."

"부처님께서는 새벽별을 보고 오도하셨다고 했거늘 하늘에 가득한 저 별 가운데 대체 어느 별이 전강, 그대의 별인고?"

"……."

젊은 전강스님은 만공스님의 물음에 대꾸를 않다가 갑자기 땅바닥에 엎드려 손을 허우적거리며 별을 찾는 시늉을 해 보였다.

만공스님은 빙그레 미소를 지었다.

"옳다. 내 네게 전법게를 내리느니라."

부처님과 조사가 일찍이 전하지 못했는데
나도 또한 얻은 바 없네
오늘 가을빛이 저물었는데
원숭이 휘파람은 뒷봉우리에 있구나
(佛祖未曾傳
　我亦無所得
　此日秋色暮
　猿嘯在後峯)

　이렇게 하여 전강스님은 만공스님으로부터 전법게를 받았고 그 게송은 만공스님 법어집에 기록되어 영원히 후세에 전해지게 되었다. 백용성 큰스님 문답에서도 장원을 차지했던 전강스님이었으니 일자일획도 틀림이 없는 사실이었다.
　백용성 큰스님은 또 아주 기가 막히게 재미있는 문제를 전강스님에게 내놓았다. 용성, 만공, 혜월, 보월스님의 법거량으로 유명한 저 '안수정등'의 화두였다.

　어떤 사람이 아주 끝없는 벌판을 걸어가고 있었다. 갑자기 이상한 소리가 들려서 뒤를 돌아다보니 성난 코끼리가 무섭게 쫓아오고 있는 것이었다. 허허벌판이라 딱히 도망갈 곳도 없었으니 죽어라고 뛰는 수밖에는 별 도리가 없었다. 그런데 벌판에 깊은 우물이 하나 있었고, 천만 다행스럽게도 그 우물 안으로 칡 넝쿨이 늘어져 있었다. '아이구 살았구나' 하고 칡 넝쿨을 부여잡고 우물 속으로 내려가다 중간쯤에 매달려 아래를 내려다보니 우물 밑에서는 네 마리 독사가 혀를 날름거리고 있는 게 아닌가. 우물 위에서는 성난 코끼리가 울부짖고 있으니 올라가도 내려가도 똑 죽게 되어 있었다. 그런데 엎친데 덮친 격으로 붙들고 있는 칡 넝쿨을 흰쥐 검은쥐가 교대로 갉아먹고 있었다. 꼼짝없이 죽을 판이었다.
　그런데 고개를 들고 보니 넝쿨 위에 붙어 있는 벌집에서 꿀방울

이 똑똑 떨어지고 있었다. 혓바닥을 내밀어서 그 꿀방울을 받아먹고 있으니 과연 이 경우를 당했을 때 어찌해야 살겠는가.

성난 코끼리에 쫓긴 한 나그네가 우물 속에서 겪고 있는 절대절명의 위급한 이 지경에서도 꿀방울을 받아먹고 있다. 이 불쌍한 나그네가 과연 누구인가. 이 세상에 살고 있는 모든 사람이다. 이 이야기는 바로 우리 인생을 비유한 부처님 법문인 것이다.

어느 누구를 막론하고 이 사바세계에 살고 있는 모든 중생은 모두 다 이 과보를 면할 수가 없다. 코끼리는 우리를 잡으러 오는 무상살귀, 염라대왕의 사자이다. 오늘이 될지 내일이 될지 금년에 올지 명년에 올지 그것은 아무도 모르지만 결국은 잡으러 온다 이런 말이다. 세상에 살고 있는 사람 중에서 천년, 만년 죽지 않고 살 수 있는 사람이 있겠는가. 결국은 코끼리를 피할 수가 없다.

우물은 우리가 살고 있는 이 세상이고 우물 밑에 있는 독룡이나 독사는 지옥으로 비유할 수 있으며, 칡 넝쿨은 우리의 명줄이요, 흰쥐와 검은쥐는 밤이 가고 낮이 가면서 우리의 수명이 점차 닳아지는 것을 비유함이다.

이렇게 불쌍하고 답답한 나그네 신세인데 그래도 그 우물 속 칡 넝쿨에 매달려서 꿀방울을 혀로 받아먹고 있으니 이 꿀방울은 세상 사람들이 헤어나지 못하는 오욕낙인 것. 재물이며, 여색이며, 음식이며, 명예며, 목숨이며 한 치 앞도 내다보지 못하면서 당장의 달

콤한 것을 빨고 있는 것이다.

역대의 내노라 하는 선지식들은 모두 다 한가지씩 기막힌 명답을 내놓으셨다. 만공스님은 '어젯밤 꿈이니라' 하였고, 또 혜봉스님은 '부처가 다시 부처가 되지 못하느니라' 하였다. 혜월스님은 '알아야 알 수 없고 모를래야 모를 수 없는 염득분명'이라 했으며, 보월스님은 '하시입정(何時入井), 누가 언제 우물에 들어갔나'라고 하였다. 고봉스님은 또 '아야! 아야!' 하고 비명을 질렀다. 하나같이 한 경지에 도달한 지혜로운 대답이었다.

그러면 전강스님은 백용성 스님의 이 물음에 어떻게 대답하였는가.

"그래, 그대는 칡 넝쿨에 매달려 어떻게 해야 살아가겠는가?"

"달다."

"무엇이라고 일렀는가? 다시 한번 일러보게."

"달다."

전강스님은 두말없이 '달다'라고만 하였다. 쉽게 대답했지만 많은 의미를 던져주는 불세출의 명답이었다. 용성스님은 입에 침이 마르게 전강스님을 칭찬하였다.

"허허. 과연 전강의 경계를 당할 자가 없구나!"

이 이야기를 전해 들은 당시의 선지식들은 감탄하지 않는 사람이 없었다. 고봉스님, 금봉스님은 이 명답을 전해 듣고 무릎을 치면서 참으로 기가 막힌 대답이라고 찬탄해 마지 않았다.

18
여여로 상사뒤여

아무리 부처님이라도 허물이 있으면 한 방 맞고 들어가는 법이다. 부처님께서 탄생하신 후 일곱 걸음을 걸은 뒤 사방을 돌아보고는, 한 손으로 하늘을 가리키고 한 손으로 땅을 가리키며 '천상천하유아독존(天上天下唯我獨尊)'이라고 하였다.

그후 운문선사(雲門禪師)가 나와서 말하기를 '내가 만약 당시에 그 모습을 보았더라면 한 방 놓아 개에게 씹게 하여 천하를 태평케 했으리라!'고 하였다. 이것이 유명한 운문끽구자(雲門喫狗子)라고 하는 척사현정(斥邪顯正) 공안이었다.

전강스님도 경허큰스님의 오도송에 대하여 이의를 제기하여 오래도록 화제가 되었다.

선가(禪家)에는 참선해서 견성하는 법을 소에 비유하여 '만약

중이 시주의 은혜만 지고 도를 닦아 해탈하지 못하면 소밖에 될 것이 없다'라는 말이 있는데, 어떤 처사가 이 말을 듣고 '소가 되더라도 콧구멍 없는 소만 되어라' 하고 말하였다. 이 소문을 전해 들은 경허큰스님은 '콧구멍 없는 소'라는 말 한마디에 대오하여 오도송을 지었다.

   홀연히 콧구멍 없다는 말을 듣고
   문득 삼천세계가 나의 집인 줄 깨달았다
   유월의 연암산 아랫길에
   들사람이 일없이 태평가를 부르는구나

만공큰스님과 용성큰스님 그리고 보월, 고봉, 금봉스님 등 대중이 다 모였을 때였다. 무슨 얘기 끝에 용성큰스님이 이 경허대선사의 오도송이 참으로 기가 막히게 잘 되었다고 칭송해 마지 않았다.
  이때 전강스님이 경허대선사의 오도송에 한마디를 감히 덧붙여야 한다고 나섰다.
  "운문선사도 부처님의 허물을 말하였습니다. 무사태평가가 아무리 큰스님의 법문이지만 때꼽재기를 그대로 두어가지고 학자의 눈을 멀게 할 수야 없지 않습니까?"
  보월스님이 이맛살을 찌푸리며 말했다.

"아니, 뭣이라고? 감히 경허대선사의 오도송에 한마디를 덧붙이겠다? 그 사람 참 제멋대로 말하는구만."

그러나 만공스님은 전강스님이 하는 말을 묵묵히 듣고 있다가 싱긋이 웃으며 전강스님에게 말하였다.

"그럼 자네가 한번 일러보게."

"허락하시니 참으로 감사합니다. 그러면 큰스님께서 한번 청하여 주십시오."

"그리하면 경허큰스님의 무사태평가에 대한 도리를 제쳐버리고 어디 한번 일러보게나."

"예. 경허큰스님께서 이르신 대로 '유월연암산하로'에는 그대로 두고, 한마디만 덧붙이겠습니다."

"그래? 어디 한번 일러봐."

전강스님은 큰스님들께 예를 갖춘 뒤 농부들이 모내기할 때 노래를 부르듯이 한마디 덧붙였다.

"여여로 상사뒤여!"

느닷없이 노래를 부르자 만공스님이 어리둥절한 표정으로 말했다.

"아, 이 사람아! 그 여여로 상사뒤여는 노래가 아닌가?"

전강스님이 나아가 점잖게 응대하였다.

"스님이 재청하시면 다시 한번 이르지요."

이번에는 춤사위까지 덩실덩실 넣어가며 곡조를 붙여 노래를 불렀다.

"여여로 상사뒤여!"

흥에 겨워 어깨짓을 하며 듣고 계시던 만공스님은 무릎팍을 탁 치면서 감탄하여 소리쳤다.

"적자가 손자를 희롱하는구나!"

이렇게 전강스님은 당대 선지식들이 혀를 내두를 만큼 놀라운 경지를 보였다.

전강스님은 나이 서른 세 살에 조실을 맡게 되기까지 우여곡절이 무척 많았다. 한때는 해인사 여관촌 홍도여관에서 보이 노릇을 하기도 했었다. 머리는 길어가지고 수건을 뒤집어 쓰고 옷은 잡히는 대로 아무 것이나 걸치고 시도 때도 없이 피를 울컥울컥 토하던 병자시절이었다. 약으로도 못 고치고 주사로도 못 고치니 원이나 없이 먹을 것 잘먹고 한이나 없이 가고 싶은 데 돌아다니라고 의사가 말하였으니 먹는 것이라도 잘 얻어 먹으려고 여관보이로 나섰던 것이다.

그 당시는 팔문사가 유명하던 시절이었다.

역사에는 최남선, 철학에는 오상순, 소설에는 이광수, 한학에는 정인보, 시문에는 백기만, 이상화, 유엽, 불교경학에는 박한영 스

님이 한창 그 이름을 떨치고 있던 때였다. 세간에서는 이들 여덟 사람을 팔문사, 팔대문사라 하여 높이 평가하고 있었다.

그 팔문사 가운데 박한영 스님, 최남선 이렇게 두 사람이 해인사 참배를 하러 왔다가 우연히도 바로 전강스님이 보이로 일하고 있는 홍도여관에 들었다.

그 두 사람은 무슨 심부름만 시키려고 하면 '어이, 뽀이! 어이 뽀이!'하고 옆집 개 부르듯 불러대니 나잇살이나 먹은 전강스님 속이 편할 리 없었다. 처음에는 그들이 시키는 대로 방도 닦아주고 술병도 날라주고 물도 떠다주면서 말없이 심부름을 다 하였다. 그러다가 하루는 전강스님이 두 사람이 묵고 있는 방문을 똑똑 두드렸다.

"저, 실례 좀 하겠습니다."

"무슨 일이던가."

"어르신들께서는 우리나라 팔문사에 드시는 분들이니 이 여관보이가 한 가지 여쭐 게 있습니다."

괴상한 차림의 여관보이가 대뜸 물어볼 게 있다고 하니 의아해진 두 사람은 서로 얼굴을 마주보았다.

"우리에게 물어볼 게 있다고?"

"예."

"그럼 어디 한번 말해 보게나. 대체 무엇을 알고 싶다는 말인가?"

"예. 거 듣자하니 일체가 유심조라, 모든 것이 마음으로 지었느니라 하셨으니 그 응관 법계성 하나 일러주십시요. 대체 법계성을 어떻게 관해야 하겠습니까?"

"일체 유심조라고 했으니 법계성을 어떻게 관해야 되겠느냐?"

"예."

그러나 그 두 사람은 그만 입이 얼어붙어 아무 대답도 할 수가 없었다. 하찮은 여관보이라고 얕잡아 보았다가 그만 한방 맞은 셈이었다.

이렇듯 전강스님은 두 사람을 꼼짝못하게 만들어놓고 유유히 여관문을 나섰는데 두 사람이 득달같이 여관주인에게로 달려갔다.

"여보시오, 여관장 주인! 대체 저 나이 먹은 여관보이가 뭣하던 사람이오?"

"아직 모르셨습니까요? 바로 저 보이가 스물 세 살에 견성했다는 저 유명한 정영신 스님이십니다요."

"뭐, 뭣이라구요? 아니 그럼 바로 저 보이가 그 유명한 정영신 스님이란 말이오?"

"예, 그렇습니다, 선생님. 수행을 너무 지독하게 하다가 병을 얻어 요즘은 이렇게 무애행을 하고 있습죠."

"허허. 거 도인스님을 몰라뵙고 하마터면 큰코 다칠 뻔 했었군

그래…….”

정진제일 이효봉, 설법제일 하동산, 인욕제일 이청담, 지혜제일 정전강이란 말이 허명이 아니었다.

다음날, 해인사 초파일 행사 때였다.

전강스님은 홍도여관 보이 차림 그대로 다짜고짜 법상에 뛰어올라가서 그 거지꼴로 고래고래 고함을 질렀다.

"자연적이냐, 천연적이냐? 만겁에 현안인 천지의 비밀이냐? 자연도 천연도 아니요, 현겁의 비밀도 아니요, 도대체 이 내라는 것이 무엇이냐! 이것도 모르고 사는가. 대체 어느 곳을 향해 가고 있는가. 생로병사의 몸뚱어리만 있구나! 몸뚱어리에만 집착을 해가지고, 날마다 죄업만 지으니 무간지옥에 가 있구나!"

전강스님이 이렇게 일갈하고 내려오니 해인사 주변에 '홍도여관 보이가 법문 한번 기막히게 잘 하더라'라는 소문이 쫙 퍼졌다.

해인사 여관촌 홍도여관에서 보이 노릇을 하고 있던 전강스님은 또다시 가야산을 떠나야 했다. 건강이 완전히 회복되기도 전이었지만 출가본산인 해인사를 떠나게 된 것은 다 그만한 연유가 있었다.

초파일 행사가 끝나고 얼마 안 있어 해인사에서는 장경각 부처님이 깔고 앉아 계시던 좌복을 새로 바꾸었다. 그런데 헌 좌복을 꺼내놓은 걸 전강스님이 보니 멀쩡한 비단옷이었다. 비단도 아주 고급 비단이고 솜도 아주 두툼하였다. 그때 절에서 그 헌 좌복을 불에 태운다고 하길래 전강스님은 아까운 비단옷을 왜 태우느냐며 그것을 빼앗아다가 여관촌 가난한 사람한테 나누어주었다.

그런데 그것을 본 해인사 사판승이 지중하신 부처님 좌복을 불살라 없애야 하는 법인데 그 법을 어기고 홍도여관 보이가 그것을 빼앗아다가 사람들한테 팔아먹었다고 고발을 했던 것이다.

고발을 받고 달려온 일본순사는 끌고간 전강스님을 향해 책상을 꽝꽝치면서 일방적으로 소리를 지르는 것이었다.

"바른 대로 말해! 여관보이가 무슨 권리로 사찰의 헌 좌복을 가져갔으며 좌복 속에 든 솜과 비단은 얼마에 팔아먹었느냐?"

"이것 보시오! 나는 그 좌복 속에 든 솜이나 비단을 돈 받고 판 적이 없는 사람이오."

"허허. 이거 그래도 바른 대로 대지 못할까? 무슨 권리로 태워야 할 부처님 좌복을 태우지 못하게 했느냐니까!"

"부처님 헌 좌복을 태워없애는 것은 부처님 법에 어긋나는 것이지요."

부처님 법에 어긋난다는 얘기를 듣자 일본순사는 그만 어리둥절해졌다.

"아니! 태워없애는 게 부처님 법에 어긋난다고?"

"그렇소이다. 부처님이 이르시기를 실오라기라도 세 가닥만 되면 태우지 말라고 단단히 말씀하셨소."

"그, 그게 정말이란 말인가?"

"부처님 경전 율문에 보면 옷을 태우지 말라는 분부가 있단 말입니다. 그래서 그 아까운 솜과 비단을 가난한 사람들에게 나누어주었는데 세상에 그것도 죄가 된단 말입니까?"

"그, 그러면 태우지 말라는 게 부처님 법이다 이런 말이지?"

"헌옷도 버리지 말고 깔개로 쓰고, 헌깔개도 버리지 말고 걸레로 쓰고, 헌걸레도 버리지 말고 그걸 잘게 썰어서 벽 바르는 데 쓰라고 이르신 분이 바로 부처님이오. 그만큼 무엇이든 귀하게 여기고 소중하게 여기라 이르셨는데 멀쩡한 솜, 아까운 비단을 감히 어떻게 불에 태운단 말입니까?"

전강스님이 거리낌없이 조목조목 설명을 하자 말이 막힌 일본순사는 항복을 하고 말았다.

"아하! 그렇다면야 죄가 될 게 없구만 그래?"

행색은 초라한 홍도여관 보이였지만 똑 떨어지는 소리만 쏘아대니 무식한 왜놈순사가 어찌 감히 전강스님을 당할 것인가. 찍소리도 못하게 해놓고 경찰서를 나와버렸다. 그 일을 당하고 나니 해인사고, 가야산이고 정나미가 뚝 떨어졌다. 그래 걸망을 챙겨가지고 홍도여관 보이를 청산하고 만 것이다.

전강은 얻어먹다가 굶다가 하면서 걷고 또 걸어서 무주 구천동에 당도하였다. 사시사철 맑은 물소리와 울창한 숲과 기암괴석이 선경을 이루고 있는 덕유산 일백리 계곡이 저만큼 웅장한 자태를 자랑하고 서 있었다. 구(具)씨와 천(千)씨가 많이 살고 있다고 해서 구천동이라 이름 지었다기도 하고, 성불자가 9천 명이나 다녀갔다고 해서 구천동이란 이름이 생겨났다고도 하는 무주 구천동.

 전강스님이 머리를 다시 삭발하고 찾아들어간 곳이 바로 이 무주 구천동 안국사였다. 그런데 안국사에 들어가보니 다 쓰러져가는 절간이 아닌가. 법당을 들여다보니 법당 안이 온통 쥐소굴이었다. 쥐소굴이라고는 하지만 어떻게나 많던지 무주 구천동 들쥐 산쥐는 다 모여서 사는 것 같았다. 여기저기 천지사방이 쥐구멍이었다. 그러나 전강스님은 '모두 다 내버린 절이지만 나라도 부처님을 모시자'고 마음먹고 법당 청소부터 시작했다.

 먼지도 털어내고 걸레로 닦아내고 쥐구멍도 막고 나니 어느새 깜깜한 밤이 되었다. 홍도여관에서 얻어온 누룽지를 걸망에서 꺼내 입 안에 넣고서 불려 먹었다. 오래된 누룽지는 돌덩이같이 단단하게 굳어 있었는데 그걸 입속에서 살살 굴려가지고 우물우물 먹고 있을 때였다. 곡기 냄새를 맡았던지 절간 안의 수많은 쥐들이 이쪽으로 우르르, 저쪽으로 우르르 하며 운동회를 하는 것이었다. 그걸 물끄러미 지켜보던 전강스님은 '에라 너희들도 먹고 살아야지' 싶은 생각이 들어 누룽지를 던져주고 쥐들과 같이 무주 구천동

안국사의 첫날밤을 맞았다.

다 쓰러져가던 무주 구천동 안국사에서 전강스님은 비장한 각오로 재발심을 하게 되었다. 새로 출가하는 마음으로 안국사 법당을 깨끗이 소제한 뒤 부처님께 예참을 시작했다. '참'이라는 것은 자신이 지은 죄를 참회한다는 말이다. 무량겁 지은 죄를 부처님께 참회하는 것이다. 그동안 병을 고친다고 홍도여관 보이를 하면서 고기도 먹고 술도 마시고 담배도 피우고 했으니 참회를 하지 않을 수 없었다.

그날부터 예참기도를 얼마나 지극하게 올렸던지 그 끊기 어려운 담배, 먹고 싶던 고기 생각도 싹 끊어버리게 되었다. 청정계율을 여법하게 지키는 수행자로 재탄생하게 된 것이다. 그런 의미에서 무주 안국사는 전강스님에게 인연이 아주 깊은 절이었다.

어렸을 때부터 참으로 파란만장한 세월을 보낸 전강스님은 안국사에서 재발심하여 건강도 많이 회복하게 되었던 것이다.

19
십년을 구어먹었느냐, 볶아먹었느냐

왜정 말기 무렵에 전강스님은 전라도 나주 금성산에 있는 다보사의 주지로 내려가 있었다. 그것도 주지 감투를 쓰려고 해서 쓴 것이 아니고 주지 자리는 비었는데 아무도 가려는 사람이 없어서 할수없이 갔던 것이다.

나주 다보사는 고려 명종 14년 보조국사께서 창건하신 천년 고찰이었다. 이 다보사에는 아주 오래된 종이 하나 있었다. 대동아전쟁 말기였으므로 왜놈들이 절에 있는 종까지 공출을 해가던 시기였다. 나주경찰서에서는 다보사 종도 공출하라고 수도 없이 독촉을 하고 순사를 보내고는 하였다.

그러나 다보사 주지 전강스님은 들은 체도 하지 않았다. 순사들은 전강스님의 위엄에 눌려 한마디 말도 못하고 헛걸음만 계속하고 있었는데 그러던 어느 날이었다. 나무를 하러 나갔던 행자아이가 숨이 턱에 닿도록 달려왔다.
"무슨 일이냐?"
"스님! 스님, 스님! 큰일났습니다요, 스님!"
"어허. 그 무슨 일인데 이리도 숨이 넘어가느냐?"
행자아이는 정신없이 달려온데다가 마음이 바빠놓으니 입술 끝만 달싹거릴 뿐 제대로 혀가 돌지 않는 모양이었다.
"저, 조, 종 말씀입니다요, 스님. 저기 저 버, 범종이……."
전강스님은 행자아이가 숨을 돌릴 수 있도록 기다렸다가 다시 물었다.
"그래, 범종이 무엇이 어떻게 됐단 말이냐?"
"저 종을 공출하라는 명령을 여러 번 내렸는데도 스님께서 듣지 않았다고 나주 경찰서장이 스님을 직접 잡으러 온답니다요, 스님!"
"호호! 그러니까 왜놈 경찰서장이 직접 날 잡으러 온다 이 말이냐?"
"예. 그렇다고 은밀히 연락이 왔습니다요. 어서 피하십시요, 스님."
득달같이 달려오는 왜놈 경찰서장을 누가 보았는지 행자아이에게 은밀히 전해준 모양이었다. 행자아이는 아직도 숨을 가쁘게 쉬

면서 당장 경찰서장이 들이닥치기라도 할 것처럼 스님이 피하시기를 보채었다. 그러나 전강스님은 태연하기 그지없었다.

"넌 염려할 것 없다. 그 대신 내가 시키는 대로만 해라."

"붙잡혀가면 어쩌려구 그러십니까, 스님!"

"아, 글쎄 그건 네가 걱정할 것 없느니라. 경찰서장이 오면 술상이나 잘 준비해두었다가 퍼먹이도록 하고, 난 법당에서 기도중이라고 그래. 내 말 알겠냐?"

그날 오후 과연 심석이라는 일본인 경찰서장이 노기등등해서 다보사에 직접 나타났다. 그러나 전강스님은 법당에서 독경을 하면서 내다보지도 않았다. 행자아이는 스님이 시킨 대로 경찰서장에게 술상을 차려다 주었다. 경찰서장은 다보사 주지가 코빼기도 보이지 않자 마뜩지 않은 태도로 술잔을 들었다. 그러나 법당에 들어갔으니 기다리라는데야 별 수가 없었다.

전강스님은 한참만에야 법당에서 나왔다.

"으흠……."

경찰서장은 인사도 없이 대뜸 신원부터 확인을 했다.

"바로 당신이 이 절 주지요?"

"예, 그렇습니다만 대체 누구시온지요?"

"내가 바로 나주경찰서 서장이란 말이오."

전강스님은 나주경찰서 서장이란 말에 혈육을 만난 듯이 기뻐하면서 서장의 손까지 덥썩 잡으며 말했다.
 "하이고! 그러십니까요? 아니 그런데 서장께서 어인 일루다 이렇게 이런 절간까지 직접 나오셨나요?"
 "이것 보시오! 그걸 몰라서 묻고 있소?"
 "무슨 말씀이신지……."
 "그동안 네 번, 다섯 번 저기 저 종을 공출하라고 명령을 내렸는데 무슨 이유로 종을 내놓지 아니하는 것이오?"
 경찰서장이 힐난하는 투로 종 얘기를 꺼내자 그제서야 무슨 말인지 짐작하겠다는 듯 전강스님은 고개를 끄덕이며 물었다.
 "아하! 예에. 바로 저 종 말씀이옵니까요?"
 "그렇소. 무슨 이유로 공출을 아니했는지 그 까닭을 어디 말해보시오. 대동아전쟁을 반대하는 겁니까?"
 "아유, 원 무슨 그런 말씀을 다…… 이 중은 아침 저녁 늘 기도를 올리고 있소이다."
 왜놈 경찰서장은 기도를 드린단 말에 솔깃하여 물었다.
 "기도는 대체 무슨 기도를 드리고 있단 소리요?"
 "아, 그야 천황폐하 만수무강, 국태민안 불일증휘 법륜상천 기도입죠."
 무식한 일본인 경찰서장은 천황폐하 만수무강 어쩌구 하는 소리에 무슨 뜻인지 다는 모르지만 어쨌든 일본천황을 찬양하는 기도

라, 기분이 과히 나쁘지는 않았다. 산을 올라올 때에 '이놈의 주지를 끝장 내리라……' 하는 생각이었지만, 술까지 대접하며 서장님, 서장님 하자 우쭐한 생각이 들었다.

"그러면, 그 기도 때문에 저 종을 내놓지 못하시겠다 그런 말씀이십니까?"

"에, 그야 서장님께서 더 잘 아시겠습니다만 종을 치지 아니하면은 기도에 영험이 없어집니다요. 그러니 기도를 제대로 드리자면 저 종을 아침저녁 여기서 쳐야 하는데, 아 그러니 서장님이 강제로 떼어가신다면 몰라도 제 손으로 종을 떼어드릴 수는 없는 일 아니겠습니까요? 아, 천황폐하 만수무강을 비는 기도인데 어떡하겠습니까요?"

이쯤되고 보니 일본인 경찰서장은 고개를 끄덕끄덕하지 않을 수 없었다.

"알았으무니다. 알았어요."

이렇게 전강스님은 순간적인 기지를 발휘하여 왜놈 경찰서장을 꼼짝못하게 만들었다. 천황폐하 어쩌고 저쩌고 하는데 제 아무리 경찰서장인들 꼼짝이나 할 수 있었겠는가. 그러니 전라도 나주 다보사 범종은 바로 전강스님이 혼자 힘으로 지켜내신 셈이었다.

세월은 유수와 같이 빨리도 지나갔다. 스물 셋이라는 젊은 나이에 견성오도한 전강스님은 스물 다섯에 만공대종사에게서 선종 제 77대 선맥을 전수받았고, 이후 십 년에 가까운 운수행각, 걸사행각을 통해 한국 선종의 웅대한 경지를 이루었다. 수없이 많은 큰스님들의 인가가 줄을 이었고, 이윽고 서른 세 살이라는 나이에 통도사 보광선원 조실을 맡기 시작하여 법주사 복천선원 조실, 경북 김천 수도선원 조실, 광주 자운사 조실 등을 역임하였다.

달도 차면 기우는가.

전라도 산골 곡성에서 조실부모하고 천덕꾸러기로 떠돌아다니던 전강스님도 어느덧 세속 나이 50세를 훌쩍 넘겨버리고 있었다. 그동안 전강스님의 명성을 듣고 전국각지에서 찾아온 제자들이 수없이 많았다. 그러나 그중에 고달픈 행자시절을 꿋꿋하게 버텨내고 훌륭한 도인으로 자라날 재목은 그리 많지 않았다. 숱한 경험을 통해 사람보는 안목이 비범했던 전강스님은 아무나 제자로 삼지 않았다.

육이오가 터지기 몇해 전이던가.

중학교도 졸업하지 않은 어린 소년 하나가 우연히 전강스님의 법문을 한번 듣고는 그길로 찾아왔다. 눈빛이 깨끗하고 첫눈에도 영특해 보였다. 알고 보니 전라도에서도 이름만 대면 다 아는 유명한 학자 집안에서 유복하게 큰 아이였다. 형제 가운데 제일 재주가 있고 얌전해서 재동이라고 소문이 난 학생이라고 하였다. 어린 나이에 한문과 영어를 썩 잘하였다.

그러나 한참 부모의 귀여움을 받으며 공부하는 아이를 중을 만들어 무엇하겠는가. 전강스님은 일언지하에 호령하여 돌려보냈다. 그리고 일 년이 지나 스님도 잊어버리고 있을 때였다. 전강스님을 모시고 있던 상좌 하나가 웬 학생이 찾아왔노라고 전했다.

"학생? 학생이 나를 찾는단 말이더냐?"

"예, 다 낡아빠진 학생복을 입은 학생이 이름은 밝히지 않고 그냥 큰스님을 뵈어야 한다고 절마당에 서 있는데요, 스님."

"들어오라고 일러라."

한 학생이 들어와 큰절을 넙죽하고 일어서는데 바로 그 학생이었다.

"아니, 너는 그렇게 알아듣도록 일렀거늘 왜 또 찾아왔는고?"

"스님께 생각할 시간을 드리려고 전국사찰을 돌다가 이제야 왔습니다."

어린 소년이 하는 말이 당차기가 이루 말할 수가 없었다.

"네 집안 어른들은 나도 다 아는 뼈대있는 학자 집안으로 배불사상이 유독 굉장한 어른들인데 네가 내 밑에 있겠단 말이냐?"

"스님한테 법을 배우겠습니다."

말로 해서는 들을 것 같지 않아, 돌아앉으며 한마디 일렀다.

"부모님 승낙서를 받아오너라. 승낙서를 받아오면 내 시켜주겠다, 허엄!"

전강스님이 그렇게 이르는데도 소년은 입을 꾹 다물고 반나절을 그렇게 앉아 있는 것이었다. 전강스님은 상좌들을 불렀다.

"게 아무도 없느냐! 어서 이녀석을 냉큼 들어다 절 밖으로 쫓아 버려라!"

소년은 안간힘을 다하며 버둥거리다가 상좌들의 힘을 당해내지 못하고 절 밖으로 쫓겨났다. 그런데 이게 웬일인가. 소년은 대문 앞에 그대로 서서 밤이슬을 맞고 서 있는 것이었다. 하루가 지나고 이틀이 지났다. 화가 나기도 하고 애처롭기도 하여 전강스님이 몸소 문 밖으로 나가 고함을 질렀다.

"네 이 녀석! 당장 나가지 않고 여기서 뭣하는 게냐?"

"죽으면 죽었지 부모님 승낙은 받아오지 못하겠습니다. 제 일은 제가 알아서 할 터이니 조금도 염려하지 마시고 승낙만 해주십시요."

"네 이놈! 이 전강이가 견성을 한 도인이라 하여 뭐 크게 대단한 줄 아는구나! 나는 젊어서 무애행을 하면서 온갖 짓을 다한 사람이다. 더 볼 것이 있느냐?"

"스님이 젊어서 어떤 행동을 하였든지 간에 저는 그것을 배우러 온 게 아니오니 제발 받아만 주십시오, 스님!"

소년은 그만 눈물이 그렁그렁해져서 전강스님 발 밑에 엎드렸다. 그 스님에 그 제자라고 하던가. 전강스님은 자존심 강하고 패

기만만하던 젊은날의 자화상을 보는 것만 같아 눈시울이 시큰해졌다.

전강스님의 허락을 받은 소년은 행자시절을 거쳐 전강스님의 가르침을 받는 수좌가 되어 참선수행을 시작하였다. 소년의 법명은 정은이었다. 정은은 수행하는 것도 어찌나 지독스러운지 다들 수행시절의 전강스님을 쏙 뺐다고 혀를 내두를 지경이었다. 단식을 한 번 하면 이주일, 삼주일까지 하였다. 그리고 제멋대로 십년 묵언을 결심하고는 스승 외에는 어느 누가 말을 붙여도 일체 입을 여는 법이 없었다. 사람들은 소년을 가리켜 묵언 수좌라고 부르기도 했다. 그러고서 몇 년이 지났다.

참다 못한 속가에서는 부모형제가 의논해서 자식을 끌고가 강제로 결혼을 시키려고 하였다. 정은 수좌는 끌려가서 집마당에 서서는 밥도 굶은 채 사흘을 그대로 버티었다. 보통 사람이면 하루도 꼬박 서 있기 어려운데 몇 년 수행한 공력으로 사흘을 버텨낸 것이다. 기가 막힌 아버지가 '네 마음대로 하라'고 하자, 그날로 스승에게 돌아와버렸다.

이때 육이오가 터졌고 인민군이 남으로 남으로 내려오고 있었다. 절마다 스님들도 보따리를 싸고 피난을 가기 시작하였다. 전강스님은 자기 혼자 몸이면 절을 떠나지 않을 요량인데 정은이 스승을 버리고는 좀체로 피난갈 생각을 하지 않으니 남의 집 귀한 자식

행여 인민군에게 잡혀가지 않을까 은근히 걱정이 되었다. 어쨌든 견성하여 스승의 곁을 떠나기 전까지는 잘 보호해야 할 것이 아닌가.

"이 녀석아! 너 이대로 있다간 잡혀가기밖에 더 하겠느냐? 내 걱정은 말고 어서 떠나래두 그러는구나."

"……."

묵언 수좌 정은은 계속하여 침묵을 지킬 뿐이었다. 밤에 잠자기 전에 잠깐 스승과 이야기 하는 것 외에는 전혀 말을 하지 않는 정은이었지만, 이날의 침묵은 스님의 곁을 떠나지 않겠다는 간접적인 표현이기도 하였다.

전강스님은 답답하였다. 전강스님 역시 어려서부터 외롭게 살아온지라 한번 정이 든 묵언 수좌와는 육친의 정보다 더한 인연을 맺었다고 믿어온 터였다.

결단을 내려야 했다. 피난을 가지 않고 제자를 살릴 수 있는 방법이 무엇인가를 곰곰히 생각하던 전강스님은 광주에 조그만 구멍가게를 차려 장사를 하기 시작했다. 정은에게도 머리를 기르게 하고 양복을 입혔다. 그리고 전강스님 자신은 장사치로 변장을 하였다.

낮이면 이 물건 저 물건을 내다 팔고 밤이면 묵언 수좌를 앞혀놓고 법문을 하였다. 정은은 하루종일 가게를 보다가 밤이 되어 수행

을 하려니 잠이 와서 졸기 일쑤였다. 그럴 때마다 전강스님은 호통을 치시면서 팔이고 어깨고 사정없이 회초리를 대었다. 정은은 밤에 잠깐 눈을 붙이려 해도 스승이 잠을 안자고 버티고 있으니 억지로 잠을 쫓으며 정진하는 수밖에 다른 도리가 없었다.

엎친데 덮친 격으로 환속한 스님 하나가 철모르는 아이를 데려다 억지로 말을 못하게 하고 혹독한 수행을 시킨다는 악의에 찬 소문이 돌아 한동안 광주가 떠들썩하기도 했다. 이중, 삼중의 시련이었다. 낮에는 일하고, 밤에는 제자를 가르치고…… 이런 속사정을 모르는 사람들의 입방아에 시달리면서도 전강스님은 사십 넘어 하나 얻은 제자 정은을 가르친다는 일념 하나로 모든 것을 버텨내었다.

그러던 어느 날 잠자리에 든 스승을 묵언 수좌가 조용히 불렀다.
"스님, 주무십니까?"
"왜 그러느냐?"
"저 때문에 괜히…… 협잡꾼 소리도 들으시고……."
말꼬리가 희미하여 일어나보았더니 수좌는 방구석에 앉아 가만히 흐느끼고 있었다. 가슴이 뭉클하였다.
'네가 생벙어리가 되었으나 귀로는 다 환히 알아듣는구나. 불쌍한 것!'
전강스님은 조용히 묵언 수좌의 손을 잡았다.

"괜찮다. 이것도 다 수행인 것이다. 이런 일로 십년 묵언이 깨지지 않도록 각별히 조심하여야 하느니라."
"예, 스님……."
그러자 제자의 어깨는 더욱 거세게 흔들리고 있었다.

이윽고 전쟁이 끝나고 묵언 수좌의 십년고행도 어느덧 며칠을 남기지 않았을 무렵이었다. 전강스님은 묵언 수좌를 불러 앉힌 후 말했다.
"벌써 너의 십년 묵언도 다 끝나가는구나. 네가 십년 동안 얼마나 공부를 잘하였는지 시험하여 볼 것인즉 바로 일러라."
전강스님은 바닥에 원상을 하나 그렸다.
"들어가도 치고 들어가지 않아도 칠 것이니 일러라."
그러나 웬일인지 묵언 수좌는 고개를 숙인 채 꼼짝도 않고 있었다.
"들어가도 치고 들어가지 아니해도 친다. 일러라! 그것 하나를 왜 이르지 못하느냐! 십년을 묵언해 가지고도 고작 이것이냐?"
화가 잔뜩 난 전강스님이 벽력같이 고함을 질렀다. 그러나 어려울 때나 기쁠 때나 그렇게 묵묵히 스승을 믿고 따라주던 묵언 수좌였건만, 전쟁중이어선지 공부에는 커다란 진전을 보지 못한 모양이었다. 전쟁도 끝나고 이제는 아무도 전강스님을 협잡꾼으로 모는

이도 없건만 정작 고대하고 고대하던 제자의 견성이 이렇게 더디니 전강스님은 애가 탈 뿐이었다.

"이놈아! 십년을 구어먹었느냐, 볶아먹었느냐? 말 좀 해라, 이 놈아!"

전강스님은 사랑하는 제자 묵언 수좌를 정신없이 내려치기 시작하였다. 말없이 그 매서운 주장자를 맞고만 있는 제자의 눈에서는 한줄기 눈물이 흘러내렸다. 그전까지 한없이 자애롭기만 하던 스승이 불같이 화를 내자 그날부터 밥도 먹지 않는 것이었다. 전강스님은 더욱 더 화가 치밀었다.

며칠이 지난 어느 날 묵언 수좌는 산책을 잠깐 다녀오더니 그때까지 쳐다보지도 않던 밥을 꿀맛같이 달게 먹는 것이었다. 제자가 상을 물리는 것을 보고 있다가 전강스님이 마음을 가라앉히고 다시 물었다.

"이 녀석아, 오늘이 딱 십년째 되는 날이다. 들어가도 치고 들어가지 않아도 칠 것이니 일러라."

묵언 수좌는 고개를 들어 스승을 보고 빙긋이 웃었다. 화두에 누렇게 찌들었던 얼굴이 오늘따라 활짝 핀 부용화같이 바알갛게 피어나 있는 게 아닌가. 수좌는 침 한번 삼키지 않고 바로 일렀다.

추지임타황엽락(秋至任他黃葉落)

춘래의구초자청(春來依舊草自靑)

　전강스님은 그 길고 지루한 십년 묵언의 마지막 날, 견성오도의 도리를 여지없이 깨닫고 만 제자를 바라보며 말을 잃었다. 기쁨이라든가 반가움이라든가 하는 감정이 가 닿을 수 없는 곳에 그의 희열이 있었다. 환희가 있었다. 그 환희를 타고 묵언 수좌의 오도송이 흘렀다.

　황매산 뜰에는 봄눈이 내리는데
　차운 기러기는 저 장천에 울면서 북으로 향해 날아가는구나
　무슨 일로 십년을 허비했는고
　달아래 섬진대강이 흐르는구나

　전강스님은 육친보다 더한 애정을 쏟았던 묵언 수좌를 인가하며 법호를 송담이라 지어주었다. 전강스님은 송담을 데리고 달빛 가득한 뜰을 거닐었다.
　"송담아, 지난 십년 동안 너에게 얼마나 많은 걸 주었는지 모르겠지만 이제 나에게는 더 줄 게 남아 있지 않구나."
　"이제는 묵언을 풀어도 좋겠습니까?"
　전강스님은 걸음을 멈추고 송담을 마주보았다.

"이제부터는 네가 결정할 나름이니라. 떠나거라."
"옛? 스님, 스니임!"
그러나 전강스님은 이미 저만치 앞서가고 있었다.

20
구구는 거꾸로 일러도 팔십일이니라

알에서 깨어난 새끼가 어느 정도 크면 어미 품을 떠나는 게 정한 이치다. 이 드넓은 세상천지를 네 활개를 펴고 마음껏 날아보아야 할 것 아닌가. 전강스님은 이제 송담을 놓아줄 때가 왔다고 생각하였다. 육친 이상으로 아껴왔던 제자를 떠나보내는 일이 어찌 즐겁기만 할 것인가.

하지만 한국 불교의 큰그릇으로 커나가기 위해서는 우물 안 개구리에서 벗어나야 했다. 보다 넓은 세계로 뛰어들어 다양한 경험을 쌓아야 했다. 지난 십여 년간 온갖 풍상에 시달리면서도 혼신의 힘을 기울여 제자 송담을 가르쳐 왔던 것도 개인의 욕심을 채우기 위한 것은 아니었기 때문이다.

그러나 송담은 전강스님이 아무리 달래고 으름장을 놓아도 좀처럼 떠날 생각을 하지 않았다.
 "네 이 녀석, 송담아! 어찌하여 아직도 떠나지 않는게냐!"
 "……."
 송담은 고개를 숙이고 장승처럼 서 있을 뿐이었다.
 "허허, 내 말이 들리지 않는단 말이냐?"
 "스님, 저를 인가하여 주시고 법호를 지어주신 데 대해서는 늘 고맙게 생각하고 있습니다. 하지만 아직 부족한 것이 많은데 어디에 가서 누구를 교화하며 무엇을 하겠습니까? 지금 제가 나선다 하더라도 감당을 못할 것 같습니다."
 "무엇이! 감당을 못해? 그럼 내 인가가 썩은 인가란 말이냐!"
 "그런 말씀이 아니오라……."
 "듣기 싫다! 네가 십년이 아니라 백년을 묵언한들 내가 거짓으로 인가할 것 같으냐! 깨달았으니 인가를 해준 것이다. 또 법을 깨달았으면 법을 아끼지 말아야 하는 것이니라. 내가 보았으니 남도 보게 해주어야 하는 법, 잔소리말고 당장 걸망을 싸도록 해라!"
 그러나 송담의 고집은 좀처럼 꺾일 줄을 몰랐다. 그 누가 수백번 설득한다 해도 한 번 아니다 생각하면 아닌 것이었다.
 "죄송합니다, 스님. 아무래도 저는 스님 곁에서 더 공부를 해야 할 것 같습니다."
 화가 난 전강스님은 다음날 서울로 올라갔다. 망월사 춘성스님

이 망월사 조실로 모셔가겠다고 벌써부터 부탁한 것을 차일피일 미루고 있던 차였다. 그런데 송담은 망월사에까지 전강스님을 따라오는 것이 아닌가. 스님은 어이가 없었지만 덮어놓고 화만 낼 일은 아니었다.

모른 체하고 얼마 동안 데리고 있는데 마침 송담의 생일이 되었다.

전강스님은 망월사 대중이 모인 자리에서 법문을 하다가 송담의 견성을 인가한다고 공식적으로 발표하였다. 그리고 인가송을 읊기 시작하였다.

법도 아니요 또한 비법도 아니다
법도 없고 또한 마음도 없다
낙양에 가을빛 짙은데
강가 소나무에 흰구름이 날아가는구나

전강스님은 대중 가운데 앉아 있는 송담을 바라보며 숙연하게 말하였다.

"송담아, 나도 너의 송구를 받았으니 너도 이 게송을 받아라. 내가 너에게 게송과 당호를 붙여서 법을 전하노라."

법문이 끝난 뒤 송담이 스님을 찾아뵈었다.

"스님, 진정 떠나야만 하겠습니까?"
"너의 마음을 따라서 해라. 이제 더 이상 너한테 무엇을 줄 것도 없고 또 부탁할 것도 없으니 앞으로는 네가 알아서 해 나가야 할 것이다."
"스님……."
그늘진 제자의 눈빛을 보자 전강스님의 마음도 저려왔다.
"내가 왜 네 마음을 모르겠느냐? 지난 십여 년을 생각하면 눈물이 앞선다. 나도 이제 늙은이 아니더냐. 하지만 늙은 나하고 같이 있어야 무엇을 할 것인고? 오늘 당장 나가거라. 내가 언제까지 삼십이 된 너의 시봉을 받겠느냐? 너는 너대로 인연을 찾아 중생을 교화해야 할 것이니라."
"스님, 스님……."
송담의 눈에 가득이 고이던 눈물이 걷잡을 수없이 쏟아졌다. 전강스님은 뜨거워지는 눈시울을 다스리기 위해 하늘을 쳐다보았다. 눈이 시리도록 파아란 하늘에 조각구름 하나가 흘러가고 있었다.

묵언 수좌 송담이 떠나간 후 홀로 남은 전강스님은 예순 세 살 되던 해에 인천 주안동에 용화사 법보선원을 건립하였다. 선원을 차려 후배를 양성하는 것은 전강스님의 마지막 큰 꿈이었다.
그러나 사실 그동안 세상은 전강스님 같은 거목의 가르침을 너

무도 필요로 했다. 시도 때도 없이 신도들이 찾아왔고, 각 절의 초청편지가 날마다 줄을 이었다. 전강스님은 때때로 신도들의 요청에 이끌려 무슨 절 주지다, 조실이다 하여 간간히 일을 맡기는 하였다. 만공, 혜월, 보월, 용성 같은 큰스님들이 여지없이 인가를 해주신 뜻은 바로 이러한 대중들의 뜻을 저버리지 말고 불교계 중흥에 이바지하라는 채찍이기도 한 것이었다.

전강스님이 워낙 번거로운 것을 싫어하는 분이라 이런 일도 있었다.

육이오 전쟁이 끝난 후 불교정화운동 바람이 한창 불 때였다. 청담스님이 전강스님에게 와서 서류를 내놓고는 불교정화운동 지도위원을 허락하는 도장을 찍으라고 했다. 그러나 전강스님은 도장을 찍지 않았다. 안 찍은 것이 아니라 못 찍는다고 하였다.

불교정화라는 게 결국 친일승 몰아내자는 취지요, 전국 사찰에 깔려 있는 대처승들을 몰아내자는 것인데 전강 같은 큰스님이 도장을 못 찍겠다니 청담스님은 답답하기 그지 없었다.

"이것보시요, 전강스님. 어째서 이 서류에 도장을 못 찍겠단 겁니까?"

"이 정전강이는 자격이 없소이다."

"자격이 없다니요!"

"이 전강은 병에 걸려서 죽게 됐을 때에 고기도 먹고, 술도 마시고 하면서 계율을 어긴 사람, 나 같은 자격없는 사람이 그 훌륭한 불교정화운동에 한자리 끼면 오히려 진정한 정화운동에 방해가 될 것이니 양심상 감히 어떻게 여기다 도장을 찍을 수 있겠습니까? 못 찍소!"

단호하기가 한 칼에 무우 잘라버리듯하니 청담스님은 더 이상 권유를 못하고 물러났다.

원체 세속적인 권위나 자리에 연연하지 않는데다 양심상 조금이라도 걸리는 것이 있으면 못하는 성격이라 일언지하에 거절해버린 것이다.

그러나 전강스님은 불교정화운동이란 다른 데 있는 게 아니라고 생각하였다. 지도위원 감투가 있던 없던 그 뜻을 설파하고 후학들을 옳은 길로 지도하면 그것이 바로 불교정화 아니겠는가. 나무와 이파리를 치는 것도 중요하지만, 뿌리를 잘 키워내는 것은 더욱 중요한 일인 것이다.

전강스님은 틈나는 대로 제자들에게 이렇게 말하였다.

"삭발출가한 수행자는 첫째도 참선이요, 둘째도 참선이요, 셋째, 넷째, 다섯째도 참선이니라. 참선을 열심히 해서 생사대사를 해결하는 데만 힘쓰는 것이 참다운 수행자다 이 말인게야. 요새 정진은 게을리하고서 높은 감투나 쓰려고 덤벙대는 사람이 너무나 많아. 내 밑에서 출가한 사람들은 당최 그런 생각하지들 말어! 주지네,

　부장이네, 원장이네, 그런 감투도 학자한테는 아무 소용이 없어. 정진들 하란 말여, 정진! 이 뭣꼬! 판치생모! 화두를 잘 참구해서 오달진 일대사를 마쳐야 한단 말이네. 다들 알겠는가?"
　"예, 스님. 명심하여 정진하겠습니다."
　"내가 참선수행만 하랬다고 산속에 들어가 굴을 파놓고 솔잎가루만 먹고 해야 참선수행인지 아는 모양인데 그것은 도닦는 겉모양에만 미혹하여 그런 것이다. 토굴 파놓고 하는 것만 참선이 아니고 선방에서 하는 것만 참선이 아니여! 이 세상 두두물물이 다 부처니라!"
　전강스님은 제자들의 이해를 돕기 위하여 다음과 같은 이야기를 해주었다.

　옛날에 삼거역사가 부처님을 찾아뵙고 여쭈었다.
　"부처님이시여, 어떻게 해야 도를 닦아나갈 수 있습니까?"
　"머리를 깎고 출가하여 계를 지키면서 좌선을 해야 하느니라."
　"그렇다면 저는 도를 닦지 못하겠습니다."
　"어찌하여 도를 닦지 못하겠다 하는고?"
　"저는 첫째 마누라가 있어야 하겠고, 둘째 술을 좋아하니 술을 마셔야겠고, 셋째 책읽기를 좋아하니 책도 읽어야겠습니다. 이 세 가지 가운데서도 도를 닦을 수 있겠습니까?"

"허허허······ 재가자(在家者)는 그 세가지를 즐기면서도 능히 도를 닦을 수가 있느니라."

"그렇다고 하옵시면 저도 도를 열심히 닦아보겠습니다."

이렇게 해서 그 사람은 수레에다 마누라도 싣고 술도 싣고 책도 싣고 다니면서 참선수행을 열심히 했다. 그래서 그 이름이 삼거역 사라 불리우게 된 것이다.

전강스님은 언제나 참선수행은 선방에서 머리 깎고 들어앉아 하는 것만이 아니고 사무실에서 사무보면서도 할 수 있는 것이고, 부엌에서 밥짓고 반찬 만들면서도 할 수 있는 것이라고 설파하였다.

전강스님이 이렇게 참선, 정진을 강조해서인지 스님의 제자 대부분은 다 참선수행을 제일로 삼고 늘 화두를 들고 앉아 있었다. 정은 송담스님을 위시한 운곡, 전공, 정우, 정조, 정휘, 정무, 정법, 정환, 정운, 정각, 정대, 봉철, 정용, 정현, 소영, 범주, 정낙, 정태, 정완, 혜영, 무주, 상법, 현파, 정관, 정호, 정준, 정석, 정찬, 정견, 운석 등 전강스님의 문하에서 공부한 삼십여 명의 제자 대부분이 스승의 뜻을 받들어 참선수행에 전념하였다.

인천 용화사 푸른동산에 자리잡은 법보선원에서는 전강스님의 전생애를 담은 법문이 며칠째 계속되고 있었다. 노구에 무리라도

될까 쉬엄쉬엄 하시라고 제자들이 수차례 만류하였으나, 전강스님은 단 하루도 쉬지 않으시고 결국 자신의 과거지사를 다 마치게 되었다. 한 고승의 파란만장한 이야기에 때론 웃고 때론 눈물을 흘리면서 대중들은 그 어느때보다도 열심히 스님의 법문을 경청하였다.

　　전생 일을 알고자 하는가
　　금생에 받는 것이 바로 그것일세
　　미래사를 알고자 하는가
　　지금 내가 짓고 있는 일이 바로 그것일세

　전강스님은 이와 같이 게송을 하나 읊으시며 이야기를 마쳤다. 이야기가 주는 감동에 짓눌려 잠시 침묵하고 있던 제자들 중에 하나가 황급히 일어나 스님의 찻잔에 더운 차를 따랐다. 스님은 달게 차를 마시고 나서 좌중을 천천히 둘러보다가 무슨 생각이 나셨는지 빙긋이 웃더니 입을 열었다.
　"내가 그동안 죽을 고비도 여러 번 겪었구만. 참선수행을 하다 상기병에 걸리기도 했고, 육이오 전쟁이 막 끝나고 난 뒤에는 총살 당할 뻔하기도 했제……."
　밤이면 빨치산이 마을로 내려오던 시절이었다.
　광주 가게를 정리하고 얼마 되지 않았을 때의 일이었다. 전강스님은 전라도 나주 다보사에서 홀로 절을 지키고 있다가 빨치산한테 붙잡혔다. 너댓 명 되는 무리 중에 제일 나이 어린 녀석이 전강스님의 목에 총부리를 겨누었다.
 "손들어! 당신은 이제 총살감이다!"
 그러나 전강스님은 자신의 목에 선뜩하게 와닿는 게 총인 줄을 아는지 모르는지 태연자약이었다.
 "아니, 이 늙은 중을 대체 무슨 죄루다가 총살을 시키겠다고 이러시는가?"
 "아편과도 같은 종교를 퍼뜨리면서 인민을 괴롭혔으니 총살을 시키겠다."
 빨치산 청년이 어처구니 없는 소리로 윽박지르자 전강스님은 그만 어이가 없었는지 껄껄 웃으며 말썽피우는 손자 타이르듯이 차근차근 묻기 시작했다.
 "허허허허! 이것 보게나 젊은이, 이 늙은 중 시주물을 받아먹은 것은 사실이지만, 그 대신 산 목숨 죽이지 말라, 남의 재물 훔치지 말라, 거짓말 하지 말고, 술마시지 말고, 모략하지 말라, 재물이 있거든 나누어 주어라……아, 이렇게 좋은 일 많이 하고, 나쁜 짓 못하게 가르쳤으니 그게 어디 총살당할 죄란 말인가?"
 청산유수 같은 막힘없는 말에 청년은 말이 막혀 더듬거리기까지 하는 것이었다.

 "그, 그거야 당신네 처자식 먹여 살리려고 그런 소리 한 것 아닌가?"

 "처자식이라니! 허허! 나는 열 여섯에 삭발출가해서 장가를 든 적이 없으니 처와 자식은 애당초에 둔 일이 없어."

 "저, 정말인가?"

 할말이 없어진 빨치산 청년은 무기력하게 반문했다.

 "아, 그야 마을에 내려가서 조사를 해보면 될 것이 아닌가?"

 전강스님의 태평하고도 여유있는 응수에 청년은 그만 지고 말았다.

 "좋아. 그럼 오늘은 살려두지만 만약 거짓말이면 그땐 총살을 면치 못할 것이야!"

 이렇게 해서 구사일생을 한 것이었다.

 "아, 그때 빨치산이 손가락만 한번 까딱 했으면 난 벌써 죽었을 목숨인디, 그래도 그 젊은이하고 내가 나쁜 인연은 아니었나봐. 허허……죽었다가 살아난 셈이었지……."

 전강스님은 잠시 옛날 생각에 잠기시는 듯 눈을 감았다. 오늘 따라 스님의 노안에 패인 주름은 더욱 깊어 보였다. 일평생을 참선수행, 도닦는 일에만 일관해 오신 스승이었다.

 "세상에 시절인연을 제대로 잘 만나서 도를 닦게 되는 것이 이렇게 어려운 일인 게야. 생야일편 부운기요, 사야일편 부운멸이라. 이 목숨이 태어남은 한조각 뜬구름 생겨난 것과 같고, 이 목숨 스러짐은 한 조각 뜬구름 사라짐과 같으니 인생 일장춘몽이요, 풀잎 위에 맺힌 한방울 이슬이로구나. 이 늙은 중이 법상에 올라와서 쓰잘 데 없는 옛날 얘기나 하고 있다 생각하지 말고 여러분도 기왕지사 발심을 했으면 죽기살기로 도닦는 일에 대발심을 해야 한다."

전강스님은 주장자를 높이 들어 세 번 법상에 내리치며 길고 긴 법문을 마치셨다.

1975년 정초.
전강스님은 제자들을 불러모아놓고 조용히 입을 열었다.
"내 나이가 말여, 올해로 벌써 일흔 일곱이 되었네."
"예, 스님."
"나도 이제 곧 가야 할 것이구만."
"아니! 스님 왜 그런 말씀을 하십니까요?"
"이 육신의 옷 오래 입었으니 벗을 때가 되었지."
"하오나 스님……."
"내 미리 당부해 두겠는데 말여. 내가 세상 뜨거든 새옷 입히지 말고 헌옷을 입혀서 말이여……."
"스님……."

"절대루 새옷 입히지 말구 헌옷을 입혀서 불에 태워가지고 그 재를 저 서해 바다에 뿌려주시게."

"아, 아니옵니다, 스님. 스님께서는 더 오래오래 사셔야 합니다, 스님."

제자들의 눈에선 어느새 이슬이 맺히고 있었다. 그러나 스님은 고개를 저으며 말을 이었다.

"내 말을 잘 들으시게. 내 육신 불에 태운 뒤에 사리 같은 거 절대로 찾지 말구, 재를 모두 바다에 뿌리란 말이네. 내 말 명심해야 해. 아시겠는가?"

"예, 스님, 명심하겠습니다."

제자들은 눈물을 삼키며 입을 모아 대답했다.

며칠이 지난 1975년 1월 13일.

인천 용화사 법보선원에서는 김씨영가를 천도하는 사십구제가 있었다. 전강스님이 친히 나와 법문을 해주셨다. 천도법문을 마치신 전강스님은 점심 공양을 맛있게 드시고 나서 다시 법상에 올라 반듯이 앉으셨다. 대중들이 모이자 법당 안을 빙 둘러보면서 스님은 무겁게 입을 열었다.

"무엇이 생사대사인고?"

"……."

법당 안은 쥐죽은 듯 조용하였다. 스님의 이상한 기색을 눈치챈 제자 두엇만이 안절부절하며 스님이 앉으신 법상 주변에 다가섰다.
"억!"
전강스님은 큰소리로 이렇게 외치더니 다시 조용히 입을 열었다.
"구구는 거꾸로 일러도 팔십일이니라."
그리고 조용히 눈을 감았다.
"아니, 스님. 스님! 스님! 조실스님!"
무엇이 생사대사인고? 구구는 거꾸로 일러도 팔십일이니라.
바로 이것이 열반에 드시기 전, 전강스님의 마지막 법문이었으니 이때가 1975년 1월 13일 오후 2시.
열 여섯 어린 나이에 삭발출가하여 일흔 일곱 살에 열반에 드셨으니 법랍은 61세, 세수 77세였다.